你不再是你，
时光也不再是时光

青稞 著

北京·旅游教育出版社

序言

一 PREFACE I

前不久,小丫头的父母来家里看望,交谈中他们告诉我,他们的千金要出版自己的文集了,希望我能为之写一些文字。

前几年,小丫头去开罗大学深造,攻读阿拉伯文学史。在业余时间里,她常常把自己的所见所闻、所思所想及时地记录下来,形成一篇篇短文。写的多了,文字越来越通顺,构思越来越巧妙,被一些华文编辑发现,就给放在当地华文期刊上公开发表,有的作品还被评为优秀,得了奖。这对她是一个很大的鼓舞,大大提高了她的写作兴趣。

最近,她又给我发来几篇作品,看过之后,很有感触:这个怀有作家梦的姑娘,正在通往成功的路上奔跑,我应该为孩子加油鼓劲。

青稞的作品,给我留下了几点印象:

一个是真实自然,信笔拈来,通俗易懂,毫无雕琢气。写真实,在我看来是一个很可贵的品质。这话说起来容易,其实不然。看见过不少年轻人的文章,都爱使用华丽的辞藻装扮自己的文章,忸怩作态,假惺惺的,干巴巴的,读来让人感到很不舒服。而在她的作品中,作者是敞开了自己的心扉,与读者谈心交流,真挚,诚恳,毫无保留。在《相亲》一文中,作者说她一家三口人对于她婚事的三种态度,她对两个陌生男女硬被拉来搞对象的尴尬与不愉快感受,都是很真实的,因而也是很令人同情的。

再一个是有深度,有感悟,有见解,是积极向上、热爱生活的人生态度。这一点我也很喜欢。你看,在西藏旅游,作者高原反应严重,又逢恶劣天气,心情应该是很糟糕、很沮丧吧？没有，她被那位藏族老阿妈及其一对孙儿孙女所吸引，被老阿妈那挂在脸上慈祥的微笑所感动。"在我记忆的长河里，所有人的身影都开始变得模糊和零碎，只有那头发花白转着经筒的藏族老阿妈的笑脸让我记忆深刻。""老阿妈那回眸一笑，突然使我懂得，原来天下充满宠爱的笑容都是一样的，没有差别。即使我听不懂他们说些什么，但是那眼神依旧发出了光亮，仿佛照得这人间都亮了起来。"在这段感人的叙述中，我看到了作者善良的心灵。是的，我相信，一个善良的人必定是热爱生活、积极向上的，无论遇到怎样的挫折和困难，心里那束阳光总会照亮她，使她看到人间的光明。

有人说，文学即人学。我深以为然。无论是写人、写事，还是写山水景色，其实都是表达作者的世界观、人生观、价值观，抒发作者的喜怒哀乐，表达作者的心灵追求。因此，要想写出好的文学作品，写作技巧固然是很重要的，但在我看来，最重要的还是要端正自己的世界观、人生观、价值观，要确立自己的人生信仰，明确自己做人的方向与奋斗的目标。有了正确的人生信仰，有了自己做人的方向与奋斗目标，有了淳朴善良的爱心，再通过不断学习与实践，成为一名优秀的文学家应该不是问题的。我喜欢青稞的这些作品，并不是因为它们的文字写得多美，文学技巧有多高。我喜欢它们，是因为在这些作品中，我看到了作者善良的心灵，看到了她热爱生活、热爱文学事业、积极向上、勤奋耕耘的心态和执着。

祝愿作者写出更多、更好的作品，期待作者取得新的更大的成功。

冯今源

2018.11.09

序言

二 PREFACE II

　　我想把勾勒你成长的文字命名为：吃奶粉的小女孩。

　　夏阳炎炎，在素有世界屋脊之称的青藏高原的一个叫羚城的小镇上，一个五岁多、平头、着蓝色红碎花上衣和咖色短裤的小女孩，沿着沥青马路边的沙砾人行道，或在人行道旁边家门前的一片杨树林间，时走时停，似高原风下俏皮的云雀。阳光透过茂密的树林，将婆娑斑斓的树形临摹在地上，地面上盛开了五彩的牡丹，你在其间，宛如花苞，亦如花蕊。你是这个世界的主人，手提一个装有甘南奶粉的袋子，时不时仰起头，把口子对准小嘴，轻轻一抖，洁白如雪的奶粉缕缕飘入口中。有时脚下一颠或手下用力不匀，或有轻风吹过，奶粉撒了一脸，就这样把自己打扮成了一个洋娃娃。眨巴眨巴眼睛，似乎生气了，使劲地咀嚼，品尝着劲道的甜。

这个奶粉真的很有味道：个中有芳草集萃，有山泉沉淀，有牦牛孕育，有母亲雕刻，有暖阳抚摸，有蓝天照料，有白云陪伴，有山歌滋润，有大地支撑；还有一族日出而作、日落而息守护土地和家园，经历过风霜洗礼、烈日暴晒、岁月锤炼的勤苦的先辈的执着和辛劳。

你咀嚼着，似乎从心灵深处体悟出一种如奶粉一般深邃的味道。从父亲背着你爬东山走亲戚的汗流浃背里，母亲顶着劲风骑着永久牌自行车送你去八一幼儿园的身影中，隐隐地品出一种味道的真谛，那脊梁似山！那身躯似天！那汗液如海！裹挟着四季一路醇香。于是你在父亲的背上欢快地歌唱，在母亲的自行车上学鸿鹄翱翔。

你还是爱吃奶粉的小女孩，不过，伴着奶粉，由奶粉而慢慢升华了你的躯体，心灵有了梦想，滋长了一种飞翔和跨越的力道。一个被你如玩橡皮筋般拉长经纬度的空间打开怀抱，你稚嫩的读书声飘荡在京城长安街旁，你把欢快留在与长城相约的影集，把一路的好奇、遐想抛洒在桥头，车流如键，急驰地叩响你寻梦追梦的新程。

这段路，若起伏的乐章，写满了学子的痛彻痛悟。怀揣对埃及文明的憧憬，用指尖轻轻拨开开罗大学的门扉，试图把足音留在承载文明的一片草地上，试图采撷一朵绚丽的花束装扮少女睿智的胸膛，无奈被校园厚重肃敬的门槛挡住了前路，且被狠狠地驯服了少年不识爱上层楼的狂妄。倒吸一口气，稳住惊吓的心绪，开始认真地思量：我是谁，我在哪里，我要干什么？文明的共性和境界是润物无声，迷惑和困惑也是种方式，它突然给了你高原、大山一样浮屠，启示了坚韧和执着的信念，赐予了高原行舟牦牛在严寒中游弋的力量。你没有退缩，选择了一间教室的孤独、一部史诗的宁静、一个异域生活的简朴、一个两种文化间的巡礼。五年荏苒，时光不长，你渐渐长大，出脱成了一个大人，把自己写得很婉约、很气势、很端庄，且不缺视野、胸怀和理道。

对于一个有智慧的人，只要有脚，就不怕没路。只要有探求，就不怕没有思想。因此，成长永远在路上，在不断地审视、阅读、思考、理解中。你很聪慧，把日本、美国、英国、摩洛哥作为一个个驿站，向往远方，寻找远方。

这些是你二十余年年华的大概脉络，略略一述。

前些天你电话邀我为你的文集作序，我本愚拙，建议你请圈子中的大家评写。你坚持让我写，倒是给了我无比的力量。我看着你长大，不是在你身边，就是在远方默默地看着你、听着你、想着你、念着你，对你知情，知性，所以我只有写下这些文字了。

梳理文脉之根，在于魂脉、在于人格之脉、在于精神之脉。你的文章文脉，也是一样，融进了你文章的字里行间、言辞之辩和情感之中。《我们家的小孩子》中，给小侄子买鞭炮，流露出我和家人现实路途遥远，但心距很近、真情浓烈的真切，还有童心难泯的纯真；《摘下一颗星》中，置身于埃及深远的黑白沙漠里，体悟白天和夜晚不一样的风景，看到没有比这里更美的星海、想摘下一颗星时的感动,沙尘处处弥漫着你的勇敢坚毅纯洁善良,等等。尤其是《西北的父亲不温柔》里,娓娓讲述了你年轮长多、心路成熟历程的点点往事,多角度地把一个你展现给了我和广大读者。

这个你,看似稀松平常,居然指引文字,完成最幽深的思念、最入微的观察,最精细的倾听,最洒脱的超越。

这个你,似乎日常家杂,居然能与星辰共言语,与沙漠同温暖,和大海相翻涌,同老家小狗同知己。

这个你,似乎涉世不深,居然能用纤细的爱,挑起人性最深处的一根神经,让人痛,让人甜,让人乐,让人回味,再品尝,回味无穷。

这可能是缘于你吃奶粉的情结,传承"奶粉"精华的情愫。

当然,对于你和你的文章,读者是最好的老师。这是你的第一部个人作品集,每一个读者都会给出与我眼中有差异的"你",对于这些中肯的"你",你当学会聆听,当学会接受,仿佛在阳光下暴晒一粒种子一样,挤掉水分，盼着来年再发芽，多收获。

孩子，相信自己，走出这一步是正确的。从这时起我因你而存在；从这时起，你存在，我存在，我们存在；因为爱，我和你和我们将永远存在，并共勉。

孩子，再等等，能否让我把你文字里这些昔日的幸福，告诉给远方的老人，让他们用喜悦的笑声和容易激动的眼泪来分享。

权且以此为序。

你的小叔
2018.11.26

目录

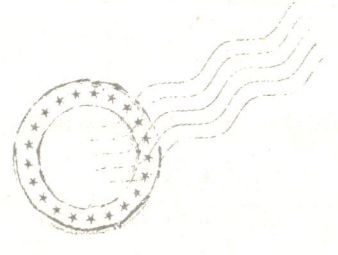

序言一 /1

序言二 /5

第一辑 自己找自己

自己找自己 /2

你不再是你，时光不再是时光 /7

别忘了爱自己 /16

你是我心里的一首歌 /19

旋转木马 /22

万物有灵 /25

我想要的生活 /28

一根红绳　/33

收拾　/37

相亲记　/41

无题　/45

狼　/52

一只猫的等待　/55

第二辑　与一座城市的道别

与一座城市的道别　/64

你所不知道的埃及　/72

摘下一颗星　/84

房东阿里的传说　/91

让命运原谅　/103

跳舞的女子　/109

花见京都　/112

第三辑　记忆里的温暖

记忆里的温暖　/118

西北的父亲不温柔　/121

我们家的小孩子　/130

目 录

　　　家宝　/ 135
　　　长情的狗　/ 143

第四辑　只是这样
　只是这样　/ 154
在我疯癫之前　/ 155
　　记得　/ 157
　　玫瑰　/ 159
　　反差　/ 160

后　记　/161

第一辑
自己找自己

自己找自己

来人世间的最大的意义，就是玩一场游戏，叫自己找自己。

我第一次发现自己活得很麻木，是在上一节英语课大家一起互动的时候。老师坐在中间，要我们每个同学都写一件事，这件事是你想做却很难实现或者根本实现不了的事情。怕我们理解得不深刻，老师还给我们大家举了个例子，说他自己是深褐色的眼睛，但其实他希望自己有一双漂亮的蓝眼睛。老师说完同学们都低下头开始写作，而我的大脑却是一片空白。我想要什么呢？自己简直是毫无思绪，呆了好一会儿，我看着的同学们陆陆续续开始把写好的纸条交给老师，这才慌忙地写下一行字，把纸条折好，也交给了老师。

第一辑 自己找自己

老师把大家的纸条拿在手里，接着放在桌子上胡乱抓了几下，打乱了顺序，又让我们每个人都拿走一张，然后让大家依次读出自己手里拿到的字条内容。

第一个男生读到：我希望能去看看霍金说的时间黑洞，成为唯一一个知道宇宙真相的人。"这真是个很酷的想法，确实没有人知道真相，就连霍金自己也都只是猜测。"老师听完后说道。

"我希望能和夏奇拉跳舞，然后再娶五个老婆。"

"我希望能持枪抢劫银行，然后成为世界首富！"我第三个读。老师笑着问我："这是你自己的纸条吗？"我摇了摇头，班里的一个男生举起手来，示意这是自己的纸条，然后老师对他说："你不知道这是犯法吗？这样不行的。"

那个男同学回答道："是啊，我也知道。可能是我电影看多了，喜欢拿枪和刺激的剧情，所以才有这样的想法吧！""确实是这样，这件事你真的只能想一想，不能犯罪。我们大家都知道你的阴谋，都会通知警察的，不可以犯罪哦。"那个男同学笑着回答说好的，我们大家也都笑作一团，气氛欢乐而轻松。

我的纸条被坐在倒数第三个的女生拿到，读出来一点意思都没有,句型、语法也没有什么过错,老师就没做任何点评,继续往下念其他的了。我有点尴尬,因为我写的内容枯燥得就像平时的唠叨一样,说希望自己在今年可以瘦下去。还好老师没有问是谁的纸条,我也不是班里唯一的胖子(其实也只是微胖而已)。反正我也不希望班里的同学们知道那个字条是我写的。放学后,在坐车回宿舍的路上,我才发现自己的心底除了琐碎的杂事,好像没有了对更远、更美好事物的渴望,就像我们老师说的,连对生活的幻想都少得可怜。原来自己活得这么糊涂,连自己想要什么都不知道。在这之前的人生,我都没有考虑过自己到底想要什么,就这么稀里糊涂地长大了。或许不止我一个人,很多人的人生都是随波逐流从生到死,有些人,就连认真考虑自我需求的机会都没有,更是可悲。

从小就听大人们说:你长大了要有出息!可是怎样才算有出息呢,从没有人告诉我们。而我们这一代长大的孩子,上学的时候成绩好,长大了工作稳定能养活自己、挣大钱,好像就是有出息的标准。可是这些标准不能用来衡量每一个人,它虽然符合社会的需求,却并不完全公正。大人都忙着应付世界和事务,更没有时间和意识去教小孩子要有认识自我的意识，让每个小孩从自己的角度出发去衡量和观察这个世界，快乐而有意义地活下去，这也是有出息的表现啊！热爱生活的人才能活得更好。话其实大家都会说，但却没有人告诉我们怎么做，等我们自己在某种机缘下懂得了这个道理，可能就有些迟了。所以啊，无数个天赋禀异的孩子活成了无数个不好不坏、不悲不喜的大人，努力地契合着这个世界的运作规则，活得麻木而消极。

　　作家三毛曾写过这样一段往事，文章内容我也只记得大概，说她自己的考试成绩不好，然后被家里人送去一个老师那里学画画，结果画画的资质平平，还是得不到认可，直到画家老师看了她的文章，帮她给杂志社投稿，稿子采纳之后拿到稿费的她激动得流下泪来，因为这时她才觉得自己不是一无是处，从此也正式开始了写作生涯。于是把她喜怒哀乐的和整个世界，都写下来给我们看。虽然她并不长寿，也洒脱地活出了她自己，留下那么多动人的情感故事。如果她错过那次投稿，也可能会郁郁寡欢活成一个普通人。知道自己要什么，找到自己内心渴望的目标，是多么重要的一件事。你内心觉得充实,了解自己能做什么,喜欢做什么,并能坚持下去,这样的人都自带光芒,在人群里也会闪闪发光。真的,你就是为了你所爱的而生,别着急,不管你什么时候能看到我所讲的,听一听自己内心的渴望,自己找到自己,一定都不会太迟。

第一辑 自己找自己

你不再是你,时光不再是时光

上午的咖啡厅里,只有很少一些客人,我便是其中之一。窗外阴沉寒冷的天气和屋里的明亮温暖形成了鲜明的对比,冬季的荒凉感就是很容易勾起人们郁闷的情绪。我在这冬季阴沉而寒冷的上午走了很长一段路,才看到了这家咖啡厅,就忍不住走了进来,喝上一杯咖啡休息一下。喇叭里放着一首很是忧伤的歌曲,吧台后面的员工们都在很轻松地聊着什么,有的客人吃着点心专注地看着手机,也有埋头苦读的年轻人。我突然觉得自己也应该利用这片刻时间来做点什么,不要只是为了休息而坐在这里。在这种复杂感情的气氛下向你诉说,也只因为此刻的我才有了平常所没有的想要倾诉的欲望。人一旦有了这种情绪,就特别容易说出心里的话。灵魂包裹得再紧,也有偶尔松懈下来的时候。开出一个小小的口子,能让人一探究竟,这样的情况,真的不知道是好还是坏。

你好啊,时隔了这么久,我又想起给你写一封信。因为最近太多的情绪向我涌来,人越是脆弱就越想有所寄托,所以此刻便觉得格外地想你。我的年纪越大,越不想跟人沟通,你不知道哪一句话说得不好,就惹得别人不高兴。人心总是那么难懂,包括我自己,很多时候也不懂自己内心的想法,更别说关于其他人的了。以前,我是个特别在乎别人看法的人,越是这样,就渐渐变得越来越不太重要。再后来才慢慢明白,自己的感受才是最重要。今年的冬天并不是很寒冷,但是荒凉之意却在我心里越发地浓重。我身边发生了一些让我觉得不可思议的事情,因而就越发地感到困惑了。身边原本爱情至上的朋友却在很短的时间里就娶了一位女子做太太,想起他之前对相互不太了解的两人结婚是如此的反对,如今却很轻易地就走进了婚姻的围城,太太竟然也是刚认识不久的女子。关于这种变化,我无法询问当事人的心情,也越发觉得人心的改变异常的轻易，也可能遇到了什么重大的冲击，直到现在我的脑海里都还能想起他谈论起爱情时的坚定模样。如果日后有机会和这位朋友见面，等他愿意告诉我原因的时候，我一定会写在信里告诉你的。最近我的工作也进展的并不顺利，总是在做完一项工作的时候才开始懊悔，觉得自己可以做得更好。如果这时候身边有人夸赞我说完成得不错，我都不太愿意相信，这大概是因为有些自卑而留下的一种病吧。按常理来说，不轻易满足的人性格容易变得挑剔，也会是个很有上进心的人，可我却恰恰相反，除了一些很重要的事情，我既不挑剔，也很容易觉得满足，并不怎么愿意改变现状，或许是这两者的矛盾造就了性格内在的冲突，因此才变得格外敏感。我确实是这样的人，总是能轻易地从很多小事里体会出悲伤和快乐，这也让我既愉快又伤心，充满了对生命和生活的感悟。

秋天掉落的树叶还厚厚地铺在地上，没有完全被寒冷所吞噬，还没有落下来的叶子也都稀稀拉拉、垂头丧气地挂在光秃秃的枝头，毫无生气。整个世界都在顺应自然的规律来改变自身的状态，这是个多么严肃而值得尊敬的事情，可无数人却常常忽略这一点，很少在意其他生命的循环和开始。我注意到这些，完全是因为园丁们对花园打理得勤劳，让夏天里的花园格外的引人注目，才让秋冬之景来得太过荒凉。花园里的花在没有人类刻意地照顾之前，难道没有开放吗？如果叶子们都很自然地掉落在松软的泥土里，而不是掉落在这硬邦邦的水泥地上，它慢慢地腐烂，最后和泥土混为一体，用自己的身体为来年的绽放做足了准备，这样生与死的循环貌似现在也有了一些改变。园丁们不久会很认真地打扫最后一片掉落的叶子，等开春的时候、盛夏的时候，肯定又能看见他们忙碌的身影和充满生机的这一切了，至于那些被扫落的叶子去了哪儿，会不会又被做成肥料铺在泥土里，我不得而知。人类渐渐放弃了最原始的方式，用更加快捷的方式替换着一切，这实在让我觉得有些不安。还有一次，我在商场里排队买沾满了糖衣的山楂串。排在我前面的是一对母子，男孩子大概十几岁的样子。很多种类的糖葫芦被整齐地插在架子上，男孩子想要吃豆沙夹心的糖葫芦，可他妈妈拿着钱却执意要把夹着山药的买下来。那男孩执意不肯，母子俩僵持了一会儿，就连售货员都显得有些不耐烦的时候，男孩子的母亲才妥协，但是嘴里还在嘟囔着说："山药的更有营养一些才是"，花一样的钱去买一件东西，为什么不能顺从孩子自己的心意？让这过程里的快乐大打折扣，小孩子的心意也是需要被成全的不是嘛！可是母亲也没有错，她只是想把自认为最好的东西给孩子。自以为是的误解和强加于人的事情每天都在发生。母亲每次做了好吃的东西，全部都拿给孩子吃，哪怕孩子抬起幼小的手来反过来喂给母亲，通常也会被拒绝。母亲对孩子的爱被完整接纳，而孩童内心最幼小的对大人的爱护却常常轻易地被忽略、不被成全，然后一次一次，在失望里就变得自私而毫无顾忌，一点都不懂谦让，这就是大部分父母没有想到却想要得到的结果吧。时光于植物的赋予，不过四季繁茂或凋零的变化；时光于人，却总能在一天天朴实的日子里，打造出无数个不一样的人来，永远没有重复。很多时候，我都想把自己活成一个透明人，只在自己觉得轻松的时候显身出来，而大部分的时候，只要被人关注，就会有一种无形的压力向我袭来。我曾经送过别人一份很珍贵的礼物，收到礼物的人很开心，再后来他对我表现出了很大的热情和友好的态度，让我变得有些手足无措。

被人期待的感觉也是如此的使人慌张，让我不知所措。现在的人们啊，至少一大部分人，表面上笑呵呵的很是温和，内心已经将自己包裹了不知道多少层，即使这样，都害怕被别人看透。每天都过得很努力的样子，有一半的力气花在了鼓励自己上，留下的一半才是为了完成工作，却还是显得有些无精打采。失落过多的时候，我便时常想起以前我们在开罗街头喝果汁的场景，那一杯浓郁甜腻的甘蔗汁起初我们都不太习惯，后来渐渐接受，成了炎炎夏日里最实惠新鲜的解渴佳品，我们都是花了一些时日来习惯它。年轻的时候以为相聚来日方长，就像分开数日一通电话就能换来的相聚一样，吐槽身边自认为值得吐槽的一切，或是羡慕着、嫉妒着、暗自爱着所爱的一切，即使年少轻狂无知，犯下的错误应该被纠正，但绝对不要因此而觉得惭愧。人性本就如此，大部分人只是过着普通样式的年轻，活在自己的世界里，永远不会觉得将要老去。张扬地写下青春里浅淡的忧郁，现在想来，那只是想要变得更为独特而已。在一个特定的环境里，就变成了那个环境下特定的人，我们入乡随俗，去看沙漠里的晨曦和海边的日出，猜想着被甲壳虫推起推落的太阳,在一半沙漠一半海水的国度,看过了另一种人生,过了一段不同于往常的生活,从这一方面说,我们就应该觉得知足了。如今我所怀念的,是有你陪在我身边的年少时光,是自己那就要远走的青春岁月。在你已经离开埃及那一日的午后,我偶然读到埃及诗人法鲁克的一首小诗:

> 我们的呼吸在天际彷徨
> 寻觅一个地方
> 岁月的残骸在我们的胸膛
> 我闻到一种芬芳
> 心事已亡,泪成两行
> 你的香味依旧,地方仍然是那地方
> 但是啊
> 我们之间的种种却已破碎
> 你不再是你,时光不再是时光

我听不见店外人车川流的声音,听不见周遭人的交谈,也只听得见自己的心跳和呼吸。目光牢牢地落在这薄薄的纸上。是啊,时光不曾停止片刻,我们本身或许也常常变得不同以往。不要抱着过去的成就和欢愉，把那回忆看作当下暗淡生活的手电筒一样，时不时换取片刻明亮的慰藉，要努力的重新开始，为自己重新点一盏灯。这世界上，本来就无人没有秘密和负担啊。

以失去，以得到，以那平淡的让人厌恶的日常，以所有回忆里的快乐和痛苦的感受，以光阴的更替和自己的成长或是衰老，无论未来如何，我都希望你能幸福。亲爱的你，无人能躲避时间的问责，不论未来如何，我都希望你幸福。这种幸福，不光是物质丰沛所带来的满足，而是希望你的生活里，时时刻刻都有点滴的快乐，你的心里不会只被欲望和现实填满，还留点余力去感受身边所有的美好。我也在努力着去尝试这样做，从前的事，不要忘记，忘记本身也是一种辜负，一切都会变得更好不是吗？在永远不放弃期待的同时，也请不要忘记我。

写到这里，我放下笔，不知不觉咖啡已经冷掉了，阴沉沉的窗外没有一丝要改变。路过的行人努力地在狂风里裹紧自己的大衣，时间已是中午，咖啡厅里也并不拥挤，我又要了一杯热牛奶，掺在了咖啡里，纯白色的牛奶混入黑色的咖啡，放了些糖，轻轻地搅拌。我爱喝咖啡已经成为习惯，每天清晨冲一杯咖啡才能开始一天的生活。

我轻轻地盖起笔盖，让自己又闲了下来，不知是倾诉的缘故，还是咖啡因的作用，心情就变得轻快了起来。天气预报说明天会有小雪，这让我十分期待。休息得差不多了，我简单地收拾了一下桌面，起身离开，要接着向我自己要去的地方走去。

别忘了爱自己

有时候,我们爱别人爱得太用力,就忘了爱我们自己,不是吗?

我不想用尽全力爱一个人,因为怕有一天他烦了、腻了、不爱了,一转身,就把我的整个世界都涂成黑色。所有的伤害都可以在一刹那完成,而愈合,却需要很久很久。即使伤口好了,可时光还是会让它在你生命里留个印记,然后你永远都可以在某一刻想起。那种难过,真的很痛吧!所以我不想尝试。

爱你,我愿意给你所有能给的爱,而不是全部。原谅我这么做,因为我觉得,只有这样,当有一天你走向另一个能让你觉得幸福的港口时,我不会难过地死掉,不会又哭又闹地逼你留下,不会死缠烂打地去逼问另一个人为什么要从我身边把你抢走，不会整天像个怨妇一样哭诉，六神无主。那样去爱，真的对谁都是残忍的。如果真的有那个时候，我更愿意让自己可以克制住心痛，可以克制住泪水，可以克制住对你的爱，略带理性的去面对你不爱我的事实，然后放开手，祝福你的未来生活。也许这样做，也更会让你觉得，曾经的你，没有爱错人。

每个人的心门，只会为自己心中那个拥有特殊地位的人敞开，而不管爱得如何浓烈，终究是应该留一些空间，只给我们自己。也许我，只是把给自己的空间稍稍地扩大了些。太平凡的人，没有武器，可以在爱情里，让自己面对什么都游刃有余，这也只是对自己的保护，给任何一个不稳定的爱情，留一点余地，给失恋的自己，留一些颜面。

我不喜欢女生在失恋以后哭哭啼啼，失魂落魄，仿佛失去了全世界。也许是我太倔强，不肯让人看出自己的难过，坚强得有些刻意。可是，你一遍遍地说出自己的悲伤，大多是没有用的，倒不如自己偷偷难过，把锥心蚀骨般的伤痛说给心疼你的人听，然后，重新开始生活，重新开始微笑，这样多好。

爱一个人，可以不用熬夜等待；爱一个人，可以不用把自己的世界也变成他的；爱一个人，可以不用因为他不爱你而费尽心思地做很多事，反复地折磨自己。张爱玲说过"喜欢一个人，会卑微到尘埃里，然后开出花来，叶子像凤尾草，一阵风过，那轻纤的黑色剪影零零落落颤动着，耳边恍惚听见一串小小的音符，不成腔，像檐前铁马的叮当。"爱一个人，可以卑微，却不能卑贱。爱一个人，要学会爱自己。会爱自己的人，才更会爱别人，也更有资格被爱。

因为自己是个女生，所以才知道女生的心有多柔弱，一份爱情在女生心里有多重要，所以才会想要保护好自己，也请每个妹子，保护好自己的心和对爱情的希望。在任何时候，只有自己爱自己，才永远都不会亏本。幸福，若全世界知道也没关系；难过，就偷偷转过身去，一个人流泪好了，眼泪流一流，一切又都会好起来的。

第一辑 自己找自己

你是我心里的一首歌

偶尔在朋友家里听到了一首老歌,然后就突然勾起我关于第一次听到这首歌的所有记忆。也一同想起了我是因为谁,在那段时间里对这首歌情有独钟,整日哼唱。时隔很久,听到这首歌,又让我想起了他。在我心里,关于他的记忆,都在那首歌里。或者说是在我这里,因为这首歌承载所有关于他的记忆,这首歌就只属于他。

爱听一首歌,不是没有原因的,觉得歌词说出了自己的心情,说出了自己的故事,说出了自己对一个人的全部友情或是爱情,然后才开始一遍又一遍地让那首歌在耳边回响,然后一遍又一遍地体会自己放在歌曲里的幸福和悲伤。

初中的好友恋爱了，却因胆怯不敢表明心迹，我们整个宿舍和她一起，唱着周杰伦的《开不了口》；

高中的好友，因为自己的故事而极爱孙燕姿的《逆光》，每次K歌必选；

记得也是一位高中同学，被爱情伤了五脏六腑，经典的《黄昏》被他在周六的数学课上唱得带了颤音；

S.H.E的《触电》也因为我遇见了×××同学，貌似极其幸福地在好友面前唱了很多遍；

和姐们儿关系好到约定三生，每次我们都会一起合唱一首《一个像夏天，一个像秋天》；

……

有些心底的歌，其实都是关于某个人的记忆，于是我们将其锁定，每次听到那熟悉的旋律，那个人和那些事，便也一起，萦绕于心头。悲伤的人总是那么多，悲情的歌总是成为经典而被收录。或许真是那句歌词说的："也许用伤痛结束，爱才更动人。"

因为一个人，爱了，伤了，痛了，笑了，幸福了。把它们都换成一首歌，放在心里。

曾经很爱听的歌，在年华的流逝中，即使现在或以后偶尔听到，也不会再像曾经那样激动与感慨。因为属于那首歌的那个人,已经成为回忆的粉末,消散在岁月的风中。对于那个曾经带给你很多情绪的人,也已经不再重要,或许在回忆里最珍贵的是那时候的自己。那时的天真,那时的轻狂,那时的不成熟,那时的快乐。自己现在想起来,都会有微微的笑容绽放于嘴角。

一首歌,给一个在自己生命里有不同意义的人,给一个让自己快乐过、幸福过、悲伤过的人。给自己的感情找个寄托。也是用音乐和情感,点缀自己的生活。

你,是我心里的一首歌:曾经的、现在的、未来的、幸福的、悲伤的。不同的歌,给不同的人和不同的感情。

回忆都在,渐行渐远是命运的安排。

我们都好像知道幸福在哪一站。却又不敢把自己完全交出来。

有时候呆呆期盼未来,却忘记了握紧现在。

流年掠过每张青春的脸,一点一点,沧海桑田。

我们就这样,和那些曾经的友情与爱情,说了再见。

再见,一语千言。

旋转木马

很多时候，喜欢某样东西，是没有理由的。在我青春懵懂的时候，不知道是因为喜欢王菲的《旋木》才开始爱上坐旋转木马的，还是因为本身就喜欢旋转木马而后才喜欢王菲的《旋木》。骑着木马轻轻起伏，配合着轻快舒缓的音乐和彩色明亮的灯光，即使只看到一圈圈一成不变、单一的风景，那我也觉得很美好。

记忆里，旋转木马和摩天轮一样，总是和爱情分不开。摩天轮有个关于恋人的传说，而恋人坐在相邻的两匹木马上深情对视，是很多爱情剧里惯用的桥段。拥有华丽的外表和绚烂的灯火，一圈一圈地旋转，轻轻起伏，两个深爱的人用眼神互诉衷肠，情定永恒，是一幅很美的画面啊。灯火，华丽，浪漫……所以给旋转木马的定位是——梦幻。

在某一年夏季的假期里,和好朋友一起去游乐场游玩。一天下来,朋友们都陆续离开,而我还执意地等着太阳落下之后才开启的旋转木马。身边的情侣很多,女生在木马上甜蜜地微笑,男生则用手中的相机将这一刻记录下来。相爱的时候,彼此的记忆是幸福的,而如果分手,这些被定格在相片里的笑容,就变成了一种惩罚,让人心碎。希腊神话里的小爱神,性格喜怒无常,而且喜欢把悲喜和哭笑混在一起,所以没有人能只享受爱情的甜蜜而不品尝痛苦。

那时的我,坐在木马上,当一个看客,谁的幸福,谁的悲伤,都与我无关。

夏夜的游客都寻求其他刺激而惊险的娱乐项目,选择木马的人少了起来,于是我干脆钻了空子,依旧执着地坐在木马上,一圈又一圈地飞翔,不想停止。远处一束巨大的灯光从旁边建筑物的空当里照过来,木马一半光明,一半暗淡,也像极了我们的青春,一半快乐,一半忧伤……与那些刺激的高空机械游戏相比,旋转木马给人安稳和放松,让我留恋。它能带给人一种舒适的、缓和的快乐,就像个孩子在梦幻童话里一样,幸福着。喧闹忙碌的城市,我却在马背上寻得了片刻心灵的安静……原来,独自一人的旋转木马也是幸福的。原来,即使没有爱情在木马上飞翔也不孤单,美丽的梦幻,木马飞翔。

"拥有华丽的外表和绚烂的灯火,我是匹旋转木马身在这天堂,只为了满足孩子的梦想,爬到我背上就带你去翱翔。我忘了只能原地奔跑的那忧伤,我也忘了自己是永远被锁上,不管我能够陪你有多长,至少能让你幻想与我飞翔……旋转的木马,没有翅膀,但却能够带着你到处飞翔,音乐停下来你将离场,我也只能这样。(王菲《旋木》)

第一辑 自己找自己

万物有灵

我屋里的阳台上有几盆植物，房东太太三番五次嘱咐我要好好照顾它们，每天都要浇水。从开始看房到最后交接，处理完所有的租房事务，临告别时房东太太还是这句话，我自然是好好应下这件事，然后送走了她。

一共有五盆花在大大的阳台上，刚开始的时候都只是三三两两的绿叶挂在枝头毫无生气，根本看不出品种，我倒是能确定其中有一盆芦荟和一盆观叶植物，这就是我所有掌握的花卉常识了。管它是什么呢，只要照顾着别让它凋零，就算是完成了任务。其实在我自己家中也是养了些花花草草的，只是轮不到我来照料，听妈妈说花一周浇灌一次就够了，把土壤浇透，等干了再浇第二次。所以我对房东太太嘱咐我每天浇水的方法嗤之以鼻，打算按我自己的常识来，这样也会轻松些。

　　新家多少是要收拾的，等把我自己的东西弄好，住习惯，大概都是一个星期之后的事了，也就是说，等我慢慢把自己的生活理顺，有一天休息时推开阳台的门，看见最里面那个干枯到缩成一团的叶子挂在枝头，我才猛然记起浇花的事。于是赶忙跑去接水，给花儿们浇灌。我家浇花从不用刚接的自来水，刚接的水化学东西多并不适合直接浇花。所以我头一次浇水内心并不安宁，生怕有个闪失，辜负了房东太太的嘱托，也不想看见那叶子败落的凄凉，如果植物真的因自己疏忽而枯萎，多少还是会内疚的。浇五盆花，也不太费事。我不是个没有责任心的人，所以就暗自发誓每周要照顾好这些花草，那也是生命的一种体现形式。万一辜负了房东太太的嘱托，晒死了花花草草，怕是要遭人嫌弃的。除了第一次的疏忽外，之后，我便等每周末休息的时候给花儿们浇水，再在瓶子里续上新的水。就这样每周一次，倒也不碍什么事。

　　不记得又过了多久，某天清晨我一打开阳台的门，猛地就看见最外侧的一盆植物的枝杈上开出了白色的花朵。我当时先是一惊,随之而来的是内心的喜悦和激动。多么大意的我啊,只顾盲目的浇水,却不曾注意过它的生长,可是,它依旧因我的付出而报以繁花,原来每一份付出都是会有结果的。就在那一瞬间,我突然无比深刻地体会到了万物有灵的含义,心里也暗自傲骄起来。觉得那一刻,在这天地之间,那花朵,因我而绽放,是给我一个人的礼物,自然而最富有生命的礼物。

一花一世界,一草一天堂。要尊重这世间的一切就是那朵小花告诉我的道理。

我想要的生活

我二十三岁的时候,对自己的生活并不满意。年轻始终有属于年轻自己的蠢,大概就是老人们常说的缺乏经验的意思吧。我迷茫而又觉得自己的生活充满希望,就像一个旅途上的人一会儿心烦奔波的劳累,而不知什么时候又为自己这一路走来所看到的风景而感到欣喜。到现在,每当我看着一群群穿着校服的少年,似曾相识地从我身边走过,我才相信,原来大部分的年轻,都是一样的。每当有这些想法的时候,我都有些忧伤,因为当你领悟到时间无情的时候,说明你已经开始老了。一点点的被时间放干你生命的血,是不易被察觉的,所以我把这岁月逝去的仪式感,都寄托在了大年三十晚上的烟花里。我喜欢独自站在家里的阳台上，看着一簇簇烟花伴着轰鸣而绽开，又在夜色里隐去，然后在安静下来的片刻，耳边还会响起父母的感叹。

"这一年年的，真是快啊，真的太快了！"

当我高一的时候，对这种感慨并不以为然。心里只掐算着还得两年我才能成年，及成年之后自己的一些打算。而到如今，我也加入了孩子们眼里大人的行列，一到节前或是些特别的日子，就总是觉得，这时间快啊，真的是快啊！

曾经有让我觉得十分难过的两年时光，我内心极速衰老，又或是所谓的沉稳，在那段时间里，我真的很不快乐，我一度觉得自己患上了抑郁症，即使偶尔外出抬起头仰望天空的片刻，都要思考些不着边际的东西。前一秒还和朋友们有说有笑地一起玩耍，下一秒就可能自己一个人坐在一旁发呆了，当我缓过神来的时候，已经不知道朋友们在聊些什么了，又急忙笑着凑上去问刚才错过了哪些好玩的话题，可能就是那个时候，我开始喜爱上了孤独，在年龄越来越大的日子里，我慢慢地发现，孤独，真的是个好东西。人群来来往往，我，只是我自己。痛苦是清醒的药引子，就在那段很沉重的生活里，我安静地、不被察觉地看这个世界，这期间也是有过快乐的，可是我笑的时候多半是为了敷衍，但当我真心觉得幸福的时候，又伴随着深深地担忧，幸福的片刻仿佛那么不真实，生活里没有人看到我悲伤的一面，哭丧着脸把难过传递给别人，是不道德不理智的行为。可是已经渗入骨子里的失落感，即使你觉得掩饰得很好，可还是会被别人发现的，这件事我也是后来才了解到的。时隔两年去朋友家拜访，朋友的妈妈都说，"看你现在的状态挺好，挺不错的。"之后我也遇到一个朋友，在半年之间次数不多的交往中，我们之间一次偶然的闲聊，他的声音里洋溢着快乐和轻松，和之前的感觉完全是两码事，我自己也才深信，一个人的心情，是装不住的。也是在经历过长时间不被人察觉的痛苦之后，我才觉得，生活中最幸福的就是简单和快乐，做人呢，最重要的就是开心，这句话说得轻易，你完全地认同和实践起来，其实还是需要时间和感受的，怎么样才开心呢？少计较，多感恩，还要放得下，这就是我悟出能保持快乐的三个因素。

就在这个时刻，卧在我斜对角的猫咪正在疯狂地舔它自己,给它打针的兽医说它有点忧郁,一只猫也有它的烦恼,我们生而为人,本就应该承担更多。我不是个自信的人,也不优秀,在一番挣扎之后,我觉得自己做一个快乐的普通人就够了,看到有些人年纪轻轻就出类拔萃,在我连名字都不太了解的杂志上发表了什么样的学术文章,科研项目能造福全人类等,又或者年纪轻轻就腰缠万贯,我也只能暗暗地羡慕和感叹。我生来就没有肩负什么伟大的使命和能力,偶尔连自己的脾气也搞不清楚,觉得自己幼稚的时候想让自己变得更加稳重,可是要多稳重才行呢?想来这些事又没有什么标准,还不如安心地做自己就好。我也有自己要承担的东西,但只是在一定的范围内,对于我的家人,我生活里能遇到的人,对我付出过情感和热爱的人,其他的,我所能做的就很有限了。就像电影《奇迹少年》里主人公奥吉和他妈妈的对话一样:

妈妈说:"你并不丑,奥吉。"

"你是我的妈妈才这么说。"

"我是你妈妈,我的话才最重要,因为我最了解你。"

虽然我母亲年轻时对我脾气有些急躁,我的父亲曾古板固执，但我从来都不怀疑他们对我的爱和呵护。爱我的人，才是对我最重要的人。

  人生太长也太短，一生的经历也有限，在我已经过去的这些年里，我感受着自己所能感受的一切，想把所有的情愫和道理都记得深刻，却也陆陆续续地忘记又想起。我不太相信每个人只要坚持就能握住机会等之类的励志鸡汤，但我相信以最普通的方式爱生活，爱家人，爱每个值得爱的人，就能很快乐。快乐而普通地活着，我很认真地说，这就是我想要的，我会为之付出努力，也希望有命运的成全。平凡而知足的生活下去。

第一辑 自己找自己

一根红绳

2017年大年初三的上午,整个世界都还沉浸在节日的气氛里没有醒来。那天天很冷。一张嘴就能冒出一口白气。放假闲来无事,我和朋友相约出去小聚。我俩漫无目的顺着人行道边聊边走着,要路过一个胡同口时,我就已经注意到了她。一个穿着厚实的老太太,坐在胡同口右侧半米高的水泥平台上,身旁铺着一块长方形的红布,布上放着中国结、红色手绳、红色小鞋子等各类中国风的小挂件和手工制品。老太太穿得干净厚实,戴着帽子,灰白参半的头发从帽子里露出一点点,手上戴着露半指的手套,手里拿着两根签子还在编制着什么。我心里一沉,临时想买些小玩意儿送给我的外国朋友,正好这些东西又极具中国特色,送他们刚刚好。于是我放慢了脚步,最后停在了她的摊子前面,准备挑拣一两件东西。

我驻足之后细细地看着这些小物件:小孩子的纺织物自然是用不上,有些中国结也过于普通和粗劣。就在我挑选的同时,老太太停下了手里的活计招呼我说:"姑娘看看啊,红色的都很喜庆,这排都是五块,大一点的十块,你自己挑吧。"

朋友问我说买来干什么,我说送给国外的朋友和同学,老太太又应和道:"对呀,这些送人也挺好。"

左看右看之后,我觉得一个红色蝴蝶刺绣样式的挂件还不错,便拿起问道:"这个多少钱?"

"这个十五块一个,蝴蝶就是'福蝶',这个多好看啊,大过年的,也喜庆。送人挂在家里都行。"

我没有还价,就拿起那红色的蝴蝶挂件放在手里,然后从包里拿出了二十块钱递给了老人家。在我挑选的同时,朋友也拿起了一个编制紧实的红绳手链戴在了手上,老太太也热心地帮着她把尾端的扣子扣上,朋友本来纤细白皙的手腕上添了一抹红色还真是挺好看的,素净又不粗劣。朋友问老太太这手链多少钱。老太太说五块钱。我的十五块和朋友的五块加起来,刚好二十块。

第一辑 自己找自己

由于朋友试戴的时候老太太帮忙扣手链的缘故,她当时没有把钱找给我。朋友要付钱,我便拦住了下来,跟老太太说:"二十块刚刚好,您就不用找钱了。"自始至终,我都没有还价。听我说完,老太太先是顿了一顿,将钱塞进包里,紧接着又从摊子上拿起一根红绳手链对我说:"小姑娘,我也送你一根吧!"

话音刚落,就拉过了我的手,提起我的手腕,将红绳戴在了我的手上。

我有些意外,连忙说了句谢谢。

"是我应该谢谢你,照顾我生意,送你跟红绳辟邪保平安。"老太太平和地微笑着说。与此同时,她已经帮我扣好了绳子末端的纽扣,再帮我调整着松紧。

一句谢谢,让我先是心头一暖,还差点儿要掉下泪来。原来,她知道我的心意。

年还没过完,坐在阴寒的冬天里出来摆摊子,又那么大年纪,应该是个有负担的人吧!这些东西对我来说,也不是非买不可的,只是我不忍心,才会想着停下来挑些东西,为这个老人的生活尽一点点绵薄之力。事情本来可以发生得云淡风轻,可老太太的一句谢谢,我今生怕是都不能忘记。这怕是"善人者,人亦善之"最好的解答了。

我常常思考善良对生命以及对自己的意义和价值，就在那一天，我突然明白了些许。善良对于我的意义在于，能让我安心地行走在大地上，能坦然地面对自己的灵魂。有去无回的爱是软肋，有来有往的爱是盔甲，一根红绳而已，我不知道它到底能不能像老太太说的那样辟邪、保平安，但至少，曾经有人看透了你的好意而祝福你一生平顺，这也是一种莫大的善良。你本并没有期望得到什么的时候，这份回馈就显得格外珍贵。所以那祝福真的就好像盔甲一样，给你温暖，而有了温暖的心，这世界上的一切，都仿佛变得那么可爱。

现在，我的左手上戴着三个链子，一个是妈妈送给我的玛瑙手镯，一个是自己挑的银手链，还有那个陌生老太太送我的红绳子。这三个链子搭在一起，并不凌乱也不难看，我打算就这么一直戴着。在大地上行走，有牵挂，有自我，也有回馈以善良的祝福。"天道酬勤，地道酬善"，我应该会走得更远更好吧！我想是的。每一个心怀善良和爱意的人，都会是的。

第一辑 自己找自己

收 拾

　　我最讨厌的一个词，就是收拾。因为它让人费神又费力，就比如有人喊你收拾房子，你就得立马动起来，慢一点或者懒散拖拉都会被人嫌弃，还不等你收拾完房子，就是别人收拾你了。

　　"下次再这样，看我怎么收拾你！"

　　"哎呀，你得收拾收拾自己啊，这样不好看。"

　　"我今天在家收拾屋子。"

　　……

　　收拾，包含了多重的含义：修理、收拢、收敛、准备、整理、消除等，你再多弄出几个语境出来，照样能妥妥地让收拾这个词给收拾了，可我真的讨厌收拾东西和被别人收拾。小时候讨厌被人收拾，因为少不更事的缘故，家里的事自然是轮不到我的，而我天性好动，也并不是很乖巧的女生，喜欢和男孩子一起在家属院里跑来跑去，一会儿玩骑马一会儿玩打仗，就算是独自一个人在院子里玩，也并不无聊。家属院里有一大片的草地，夏天的时候草地上开满蒲公英的小黄花和其他的野花，那种白色翅膀的蝴蝶和绿绿的蛐蛐也经常来光顾，小的时候，我对这些小虫并无一点怕意，练就了一身抓飞虫的技巧，在草地里摸爬滚打，弄脏了衣服，回家被妈妈骂："你如果再这样，我就要收拾你了。"

妈妈虽然说得很生气，我却依旧一幅无所谓的样子，知道她下不去手真的打我，所以照样玩得忘乎所以。再后来长大了些，情况就有些变化了，对我的收拾彻底从辞令升级到了行动。人长大之后，其他的规矩也就突然多了起来，大大增加了被收拾的风险，大人说话小孩别插嘴、不能敲碗、要等长辈先动筷子之后晚辈才能开始吃，或者因为考试成绩不佳，作业写不好……等等。被收拾的次数多了，我也觉得有些压力，从而对什么"少年不识愁滋味"感到困惑，觉得辛弃疾说得一点都不对，更不能理解一句错的词为何还能流芳于世，因为我就很愁被我母亲责骂，现在说起来，我也觉得错不在我，完全是母亲脾气太急的缘故。她本身是个勤快爱干净的女子，又有些挑剔，自然每天都对我唠叨个不停，总之，当时的我觉得并不轻松，童年哪里无忧无虑了，这话简直是莫名其妙。再后来又长大了些，被妈妈收拾的时候渐渐少了很多，因为人也在不断学习，很多规矩都已经教会了我，而我也学会了顶嘴，顶嘴听着好像不怎么好听，其实也就是知道替自己争辩，说出自己的想法罢了。再后来，我到了十八岁成人的年纪，决定远赴万里之外，出行的第一次是我的父亲帮我准备要用的东西，收拾行装，最后把装好的行李用绳子捆好，边捆边絮叨，多是一些叮嘱的闲话。又过了几年，分别和相聚成了常态，我自己打包的技术也练得炉火纯青，收拾行李又快又好，什么该带什么不该带我都了如指掌，收拾屋子的技能和速度也有了大大的提升，这大概就是成长的代价吧。人间一遭，总是要不停地行动下去。等真的长大了再回过头去读辛弃疾的词，才彻底了解了其中的真味："少年不识愁滋味，为赋新词强说愁，而今识尽愁滋味，欲说还休，却道，天凉好个秋。"

我尚未识尽愁滋味,更没有伤春悲秋的感慨,可对于很多事情,还是有了欲说还休的心态,年轻气盛时的怀疑而今看来透着幼稚,幼时的我只是担心被责怪的愁和今日的愁怎可相提并论。世事万物,只有到了相应的年纪,才能看得透,但时光却已经远去。

即便活到现在这个年纪,我还是不怎么喜欢收拾房子,偶尔也还是会被母亲收拾,可我却会满心欢喜地去做、去听,干净敞亮的家才能温馨,父母的絮叨我也要长长久久地听下去。日复一日的光阴凑成年复一年的生活,不收拾怎么行呢,整理过的自己和生活,才能活得更好,过得更安逸。

第一辑 自己找自己

相亲记

到了适婚的年纪，却还没有合适的结婚对象，这就是一件有点尴尬的事情。十八岁青春靓丽的妹子已经长大，而我们这些中年女子仿佛马上要步入年老色衰的境地，实在是让人觉得不安。不安的可能并不是我们自己，而恰恰是那些爱着我们的人和整个社会对剩女的态度。很明显，二十六七岁的年纪，即使还不算太老，一副已经要在年纪上闪着黄灯的样子，红灯马上就要亮起来了，我父亲这位平时很节俭的人，都急急忙忙地在婚介所交了三百块钱，生怕我耽误太久。

关于结婚，我们一家三口的态度却截然不同。我自己打算随遇而安随情而定，母亲则更是不急不躁，巴不得我迟点结婚。一是觉得我还没长大，二是因为之前在外求学聚少离多,希望我回来之后能多陪陪她,所以她一点儿也不着急。我父亲是家里最操心我婚事的人,大概是源于责任心吧,觉得儿女们结婚了才算真的长大成人。

起初对相亲抱着好奇和无知的心理,自己很听话地被安排相亲,可是几次过去之后,我就真的打算放弃了。这种目的性极强的相遇,就好比卖保险或者买保险,从一见面开始就抱着一种审视彼此的态度,这个人仿佛不是命运应该带到你身边的人,而是被社会和家人硬生生塞给你,这就显得特别不自然。两个陌生的人见面后,难免尴尬,我不喜欢冷场,也讨厌一见面就刨根问底地直接进入主题,比如"你家里有几口人啊?父母干什么工作?有没有医保退休金?你具体做什么工作?工资多少?"这些太直接的问题。于是就只能聊一些不痛不痒的闲话,两个人只能假装很随意地聊聊天,说说天气和新闻,讲讲自己觉得有趣的经历,顺便再一起吃一顿饭而已。相亲从一开始就是对两个到了年纪还没有结婚的人的一种折磨。两个人在约好的地点凭照片模糊地认出彼此,然后从头到尾打量对方一番,开始推测对方的种种。相亲的折磨其实有两种：一种是两个陌生人之间的尬聊；另一种就是好不容易绞尽脑汁故作轻松地熬完一次约会，回到家之后还要接受长辈们的轮番询问，这才是最恐怖的。你只想草草回答一下就了事，可他们却偏偏不愿意放过任何细节，巴不得你能把约会过程活灵活现地演上一遍。你烦躁又不好发作，就只能忍着，简直难受极了。相亲的结果也无非是两种，要么别人拒绝你，要么就是你拒绝别人。成年人的世界没有那么难懂，喜欢就诚恳一点儿告诉对方，不喜欢也没有关系，就说我们不合适，大家一拍两散，到此为止，简单利落，接着做回陌生人。

偶尔自己也会冒出这样的想法，"不结婚就是你的错，怪不得别人。""你要是足够优秀，就没有这些烦恼了。"每当因为这件事情绪低落的时候，就真的觉得是不是自己做错了什么，为什么要让自己沦落到被相亲、被逼婚的下场。怪自己不够优秀？不够美丽？不够善解人意？一大堆的问题出现在自己身上，世界都开始变得暗淡了。可反过来再看看身边一些其他的单身男女，又觉得好像不应该自责。我有一个特别优秀的单身闺蜜，有一次和她聊起相亲和结婚这件事，她对我说:"你没有做错任何事,我也没有做错任何事,可能有些人注定就要单身一辈子,不结婚也并不意味着什么,比起那些婚姻失败、遇人不淑的经历,我们应该为自己的坚持而感到庆幸。现在不结婚也并不是一种特殊现象,而是普遍的社会问题,是人们的心态变了,仅此而已。"

回顾自己短短的相亲经历,没遇见什么奇葩,但也有一些不愉快的感受。如今才是真的花花世界,人和人之间又缺少了宽容和忍耐,物质的丰沛造就了更多患得患失、自私的人。男人可以轻易地得到女人的身体而失掉了责任心,女人可以轻松地养活自己而没有渴望依靠的心情。就这样一步步,大家都活在自己的世界里,失去了对婚姻的渴望,看似都在等待爱情,其实都在婚姻和自由之间徘徊犹豫,不知所措。

错过了那个年纪,到了错的年纪,就更不能将错就错。余生很长,也请自己多多照顾自己,即使现在还没有出现那个人,我也可以一边等待,一边让自己变得更好。最后,那个人真的不出现也没关系,生活总是要继续下去的。

第一辑　自己找自己

无 题

就这样眼睁睁地过了一夜,嘴唇发紫鼻腔发干,两颗眼珠感觉就要从眼眶里掉出来。听着雨,隔着轻纱的窗帘望着漆黑的雨夜,我想尽办法让心跳缓和一些,可除了时间的流逝,任何情况都没有改变。我说不清是对这场雨夜里的睡眠感到了绝望,还是坦诚接受了身体不舒服的事实,准备静静地迎接太阳,放弃挣扎。

说来也可笑,我这个自诩生在高原上的孩子,在离开高原很多年后,在拉萨竟然没有得到一丝的优待,高原反应来得还比其他人更猛烈一些。失眠、呕吐、轻微的发烧,让我在初到拉萨的第二天,就彻彻底底失去了一个旅行者应该有的神采,整个人暗淡了下来,走路慢吞吞，话说得太急都得赶紧深吸一口气才能继续说下去，还伴随着心脏更加猛烈地跳动。如果我的红细胞再勤奋一点，应该就不至于这么尴尬了。还有那恼人的鼻炎，也在这氧气和气压的改变下，让鼻子变成了水龙头，使我吃尽了苦头。即使此刻我清醒地接受这折磨，但却一点也不后悔当初进藏的选择，立于这日光城上，你浅浅一眼所看到的，就把拉萨从虚无化为了真实，它不再是一张卡片上、一段影片里的风景，而是你神经末端最真实的所见，而你真实的所见，会在你生命终结之前，都存在着它所富含的那种情感和渴望。

初到拉萨，没有太多新鲜感，并不是我自己要与这片土地套些近乎，而是我确实出生在类似的土地之上，很多场景，对我来说，并不陌生，也不新奇，并且还透着一种浓厚的情感。那是一种什么感情，我说不上来，总之，我觉得这一切于我来说，都是顺理成章地出现在我生命里，不应该有什么异议。高原反应不算什么，人的身体总比想象中的强壮，只要再熬一熬，适应一下，我总能又变得活力十足。我的身体在这高原上疲乏不堪，还好我的眼睛和头脑并没有受太大的影响，还能在缓慢的步伐中记住这周遭的一切。白天的时候，信徒和游客在一起，怀着不同的心意，走在大昭寺的外围，转着玛尼的老者，嘴里喃喃地念着经文；东张西望的游客，拿着相机时刻准备记录下新奇的一切。一种情绪在心中涌动，你说不出口，就这样生生地被堵在了胸前，身上穿着塑料雨衣的信徒，刮风下雨的傍晚依旧绕着大昭寺叩起长头，我在这狂风中努力地抓着伞柄，全身都抗拒着打来的雨点，我并不为自己的行为而羞愧，只是为他们的执着而动容。有人从甘南一路叩头到拉萨，全程两千多公里就这样三步一叩五步一拜地走了下来"我一直在想："这是一种什么样的精神？"

但是没有人回答我，人们都自顾自地忙着别的。太苍白的问题不配有人解答，即使他们都认真地告诉你，你又能从心底去理解吗？为了信仰，为了轮回，为了这人世间的种种，他们回答给你。你自己心里清楚，可是你依旧不能，不能用心去深刻地理解，因为这本就不是属于我的生活。如果可以，我想深刻地在这片土地上活一次，用时间去考证这其中的奥秘，去了解这片土地上的真情，可是生命和生活都有局限，谁都无法任性选择。

　　我缓慢地拉着步子，喘着粗气，在涌动的人潮里一边走一边流泪，身体的不适和内心的感动连在一起，让我对眼前的一切都变得异常敏感。我的眼睛看过了许多的眼睛，也细细地看过这拉萨街头的一切，在记忆的长河里所有人的身影都开始变得模糊和零碎，只有那头发花白、转着经筒的藏族老阿妈的笑脸让我记得深刻。她先是从我身边走过，走到了我的前头，然后笑着回头望向了落在身后嬉闹的孙子和孙女。我听不懂藏语，小女孩也就十来岁的样子，片刻之后她也超过了我，追上去挽住了老人的胳膊，还回头对弟弟做了鬼脸，我们就这样同路走了一阵，最后到一个岔路口分开。原来，这天下充满宠溺和关爱的笑容都是一样的，没有差别。即使我听不懂他们说些什么，但是那眼神依旧发出了光亮，照得这人间都亮了起来。我许久没有在别人那里看到这样的眼神，那老阿妈的祈祷，或许就是此刻的幸福，为了她疼爱的家人，为了此刻这平凡的幸福。我哭又不好哭得放肆，流着泪走了五十多米的样子，就止住了，我擦擦脸，硬生生把这感动的情绪按了下去。我为什么哭呢，我自己也说不清楚,我虽然与父母眼中期望的女儿有些差距,却还是安心地享受着来自父母的疼爱和体谅。本该活得平静,可我内心深处也总有一些情绪,在无人打扰的时候,让自己变得敏感而古怪,内心如同长出了触角一般,总想窥探着生活圈子以外的种种,去发现一些了不起的东西。所有没有体验过的生活,都在脑子的想象里变得诱人,让人心里痒痒。这大概是我自己对自己不满意造成的吧,既不应该傲慢地抱怨着顺风顺水的生活,又觉得自己还可以成为更优秀的人,所以才在无人注视的情况下喜欢流泪,真不知道对我来说是好事还是坏事。我希望在这短短的几天里,把自己变成拉萨的主人,可高原反应一直都在提醒着自己,你不属于这里,至少现在不属于这里。我常常说话都要提一口长气,特别容易疲劳,仿佛被封印住了能量一般,只剩下有气无力。即使这样的情况,我对这座城市也并不失望,因为遇见了一些特别可爱的人。我本来决定以后要冷漠淡薄得活下去,却因为他们对我亲切的态度而打消了这个念头,又决定热情地对待和别人的关系。母亲见了十几年未见的故人,拉了家常,回忆了往事,大家都对我们特别照顾,这都让我觉得暖心，希望自己应该努力活得更好，这样以后才能照顾好别人。我一直都是个容易被感化的人。这或许也是生活带给我的启发，不要因为曾经看过的凉薄而放弃热爱这个世界，因为终究还有值得让你去关爱的人。你要自己变得富有，不要贫瘠无趣的内在，要去相信这世间的美好。

大昭寺外香火缭绕，玛吉阿米的楼上不断有客人吃饭、拍照留念，不同的人怀着不同的心情走在这拉萨的街上。连夜的雨水的的确确打湿了路面和行人的衣裳，可明天只要这太阳一出来，这雨就像从来没下过一样，一点痕迹都不见了，地面干干净净，人群还是不停地涌动向前。这座城的光阴从不在意你是谁，就像大雪不在乎仓央嘉措的爱情，不肯为他掩去为了私会而留在雪地里的脚印，老喇嘛更不在乎爱情，于是只留下他自己无尽的伤心和现代人无数的缅怀。今夜，我不说什么道理，只是想在这失眠至晨光初上的时候，记录一下这无处安放的情绪罢了。

我曾经念过一首诗给他，如果以后他看到这首诗，会不会也顺便记起我。

那一刻,我升起风马,不为祈福,只为守候你的到来

那一天,闭目在经殿的香雾中,蓦然听见你诵经的真言

那一月,我转动所有的经筒,不为超度,只为触摸你的指尖

那一年,我磕长头匍匐在山路,不为觐见,只为贴近你的温暖

那一世,我转山转水转佛塔呀,不为修来世,只为途中与你相见

怕只怕是听诗的人早已忘记,念诗的人还记得牢靠,那就真的没什么意思了。

狼

  我曾经幼稚地以为，只要给我一把锋利的刀子，我便能在草原上自由地行走，只要有那把锋利的刀子，我就敢冷静地面对我所能遇见的猛兽。直视它们的眼睛，冷静地与大自然其他的生灵对视，用那把刀子和头脑战胜体能比人类强大的生物，可是啊，当我面对它们的时候，事实再一次敲碎了我的幻想和坚定，大自然的规律简单而绝情，从不是你最初想象的样子。

  有几只狼被圈在一个巨大的铁网之中，供人们观赏，我静静地站在笼子外面，看着那些狼望向远方，那冷峻的眼神让人胆战，有种说不出的威慑力。人们都高高的站着，可没有一只狼抬起头望向人们，它们都保持着最原始的姿态，随着自己的心意变换着姿势，更多的时候,它们都是伫立在原地,眼神坚定地看着远方,丝毫不动摇。我特意蹲下了身子,尽量将自己的视线降低,与狼的视线平行,我们之间只隔了一层铁网,我内心的震撼和恐惧越发的明显,也对自己曾经鲁莽的念头而感到幼稚,那只狼依旧保持着一动不动的姿势,我甚至都不知道它有没有看到我。它的外形与狗十分相似,性格却大相径庭。它不讨好周遭任何的事物,它知道自己的命运,它知道自己本该是草原的王者,即便是被困于此,除了那有限的自由,狼还是用它自带的气场和大自然赋予它的属性,呈现出一个王者的姿态,被困在这个硕大的笼子里。

有个男性游客毫无顾忌地用双手抓住铁网,使劲地摇晃着,连片的铁笼子发出了哗哗的响声,靠近笼子边缘的狼仿佛什么都没有听到,没有因为这不小的噪声而挪动半步,这人类的小把戏不知道是在嘲弄狼群还是在讥讽人类自己。叫嚣的人们在笼子外面肆意地叫嚣,也只敢在笼子外面肆意地叫嚣。那位男游客后来又使劲晃了几次铁网,都没有什么效果,他觉得无趣,就没有再继续下去。嘲笑你的人群,都站在笼子外面,你出不去,他们也进不来。你与人类,是玩物，而人类与你，是食物，这就是最大的区别了。即使被观赏，你们也都不肯屈服于人类的皮鞭下，任由人类控制你的意志，为了那一口食物。即使被困，你也还要你的姿态，不肯就范。自由早就入了你的风骨，你的灵魂属于每一寸广阔的草原和大地，你的嗥叫只属于你自己的种群，属于月亮，你高傲的头颅也只肯在呼喊同伴的时候仰起。我曾愚蠢地以为用一把锋利的刀子就可以与你相争，是我对自己的高估和对你的轻视，即使隔着笼子，站在你面前，我依然感受到了人类本身的脆弱和渺小。

当狼群真实的出现在我眼前的时候，我才知道自然赋予每一个物种的天性是多么的强大，你的不羁和凌厉刺进了我的心里。你天生就是这自然的顺应者，你只服从自然赋予你的天性，所以你的身影从来都不属于马戏团，你只顺应自己的天性，这本生就是一种难得的高贵属性。

第一辑　自己找自己

一只猫的等待

　　李小棉把那只灰色的"英短"猫接回家，是在她知道黄宇要结婚的消息之后。虽然这半年他们几乎没有一点交集，可小棉心还是疼了。她很有仪式感地删光了三年里他们的所有聊天记录，收拾了所有能让她记得他的礼物，最后拉黑了他的联系方式。这过程有多纠结多舍不得，就只有小棉自己知道了。她一遍又一遍地看聊天记录，从最开始到最后，聊天记录存了这么久，也真的是缘分呢。手机没有坏过也没有丢过，所以记录一直安稳地存在手机里，最后倒是她自己，对这断断续续的感情失去了信心。一下子失去了那么喜欢的人，李小棉心里空了，也突然想通了一些事情，所以她才决定替同事把那只猫咪接回来养。

猫咪被抱回来的第一天，小家伙吓得不轻，缩在房间角落里，瞪圆了眼睛看着四周，听到一点点声音都很警惕地竖起耳朵再左右观察一番，发现没什么危险又趴下去蜷成一团，无精打采地。本来她是不想养的，同事要回老家，才在办公室里公开询问谁那里能寄养一下自己的猫咪，只要两个月的时间。小棉其实一开始就心动了，因为她很早以前就想养一只猫，可又过于担心自己养了猫咪照顾不好，又很难做清洁，所以她每次想得心潮澎湃，但最后也都只能作罢。可这次呢，猫咪是现成的，猫粮是现成的，还有时间限制，即使养不下去，也不至于难以收场。可即使这样，李小棉还是纠结了一阵，同事请假的时间点越来越近，再加上黄宇的若即若离，工作忙忙碌碌，按部就班的沉闷，让李小棉的内心终于做出了选择。'我连养都没养，所有的好和坏都是自己想象出来的，又有什么可怕的呢？'有了这个想法的第二天，她就从同事那里，把猫提了回来。第一个晚上猫就窝在那里，一动也不动。进入一个全新的环境，它可能有些怕了，等过几天熟悉起来，一切都会好的。

李小棉在办公楼里第一次看见黄宇的时候，她才知道，原来世界上真的是有一见钟情的，她差点放下脸面和姑娘的矜持，上前去要电话号码。那个人并不是闪闪发光地存在于人群里，可他就莫名其妙地满足了你所有的审美。一看到那个人，你的心跳和大脑好像同时发出指令和呐喊，每一个细胞都像是在告诉你，他就是你要爱的那个人。短短的几分钟里，只有李小棉自己知道她的心里经历了怎样一场海啸，然后电梯到达，她看着黄宇从电梯里走了出去。她什么都没有做，却在心里很真诚很迫切地祈祷了一番，希望上天能给她个机会，还能再见到这个男生。这段惊艳的相遇，她回忆了好几天，有时候还会懊悔自己没有勇敢上前去要来电话，又觉得自己沉住气不主动要电话号码是正确的选择，万一吓到他，让对方觉得自己是举止轻率的女子那可就糟了。思前想后了好久，她觉得自己最好什么都别做，只是在心里默默地祈祷上天能给她一个和他认识的机会。

要不就是他们之间注定要有故事，要不就是李小棉当时的心意太真诚从而感动了命运。过了一周后，在一次聚餐会上，两个人就真的认识了。李小棉的朋友喊她一起去另一个朋友家热闹一下，起初小棉并不太想去，最后实在推不掉，周末才懒懒散散地被朋友拖去。一进客厅，在坐满了人的桌子边，她一眼就看见了黄宇，瞬间她所有的细胞都清醒了，心情一下子又激动又忐忑。接着就是对自己懒散的悔恨，为什么没有好好地装扮一下自己，如此随意就来到了这里。李小棉心里想了很多，聚会却也按部就班地进行着。大家简单地寒暄了一下就开始吃吃喝喝。从进门看到黄宇开始，谁的话李小棉都没有听进去，她满眼满心都是那个他。这总算是相互认识了，她想，算是不露痕迹跟黄宇搭上了话，最后终于要了黄宇的电话和微信。当知道自己的心上人是个单身汉的时候，李小棉心里开心得不得了，可她也无法对其他人太轻易地吐露心声。从那个晚上开始，她老是问身边的人，你相信这世界上有一见钟情吗？不论对方说相信还是不相信，李小棉都会一脸惊喜地告诉那个人说："我以前不相信，但是现在相信了。"

　　如同所有的暗恋一样，有了联系方式之后，她总是有一搭没一搭地给他发信息：你干吗呢、吃饭了吗之类的，刚开始的时候黄宇总是隔很久才回复一条，但都很礼貌地告诉小棉他刚才在忙所以没有及时回复。就这样不温不火地聊了好久,每次都是李小棉主动问候。她心里慢慢知道,黄宇肯定是不喜欢她的,即便是这样,李小棉每天等信息都等得很开心。人心的欢喜渴望是会膨胀的,慢慢地想得到更多。又过了好久,李小棉决定表白了。她也怕说了连朋友都没得做,可是又不甘心一直这样下去。在一整夜的辗转难眠之后,看着太阳都从天边露出了头,她烦躁一夜的心终于冷静了一下。"你知道吗?我喜欢你很久了。"信息发送完毕,李小棉觉得整个人都轻松了很多,一头倒在枕头上昏昏睡去:我喜欢你是我的事,剩下的我就不管了。

醒来睁开眼睛,李小棉脑子刚从梦里缓过来的时候,下意识地拿起了手机点开了微信。黄宇回复了一个憨笑的表情,还有"傻丫头"三个字,再无其他。她也不知道这个回答意味着什么,有些伤心,可转念一想,最起码不是拒绝,心里才好受了一点。可她一点都不后悔表白。

把话彻底说开了之后,黄宇有点不爱理她了,发信息也没以前客气,感觉冷冰冰的,但又觉得关心比以前多了。李小棉胃疼时黄宇会来送药,她家里停水了黄宇会送来盒饭,但每次来都是严肃冷静,有距离感。过了将近一个月,李小棉终于按捺不住,约黄宇吃完饭出来聊一聊。

"是不是我告诉你我喜欢你之后你就骄傲了?觉得我会卑微到尘埃里?"小棉直接问道。让她这么直接一问,黄宇哈哈大笑了起来,又说了一句"傻丫头"。这场谈话就这么稀里糊涂变得轻松幽默起来。她一股脑把关于他的所有心事,都告诉了黄宇,包括怎么一见钟情、怎么心潮澎湃地期待和他相遇相知,等等,少女的所有心事,都在夏季算是清凉的夜里,告诉了那个人。说完后,黄宇摸了摸她的头,还是喊她"傻丫头"。这次有点宠溺的感觉,可她还是没有等来一个确定的回答,没有被接受,也没有被拒绝。爱意正浓的暗恋,哪怕对方犹豫不决,只要没被拒绝,没有彻底凉透,就都是幸福的。再后来,他们也约着一起遛弯散步,当知己,谈天说地。可这一切,也就到这个程度了。李小棉很幸福,黄宇允许自己在他的世界里晃来晃去,她也很痛苦,可能这段感情永远都开不了花结不出果了。越是这样,她自己心里也越清楚,黄宇不爱她。可即便如此,他们这雾里看花似有似无的单方爱情,也拖了这么久,小棉从来没有爱过一个人这么久。心从满的到被一点点放空，是需要时间的，所以李小棉在努力告别着过去，也打算重新爱另一个人。

　　这几天小棉已经完全适应了猫奴的生活，铲屎喂食打扫卫生，每天下班回来看着猫咪缩成一团窝在沙发上。猫咪除了睡觉就是自娱自乐，很少会黏着小棉，即使小棉刻意地伸手要抱抱，猫都要努力地从她怀里挣脱。开始小棉有信心，觉得只要熟悉了，时间稍微长一些，猫咪会喜欢和她在一起。可眼看约定的时间过去了一半，猫咪却还是那么高冷，一点都没有变。李小棉偶尔也生气也伤心，可是看着猫咪圆溜溜的大眼睛，她还是好想爱它。小棉心想，它可能觉得自己被之前的主人丢了，打算再也不爱上人类了吧。或者猫咪知道所发生的一切，只是不耐烦地等着自己的主人把它从寄养的环境里接回去，它心里清楚在李小棉家只是个过渡，它还在等之前的主人。一只猫咪的等待，有多漫长，只有猫咪自己知道。两情相悦从来不是一方的事情，就像她跟猫咪，小棉也打算等同事把"英短"接走之后自己养一只猫。从小养到大，和自己亲得不行，可以黏人又可爱，可以让她为所欲为地亲近。但是这些都不能实现了,养猫不久李小棉感冒鼻塞,她一直吃药,其他症状好了,可就是鼻涕永远都擦不完,最后去医院才知道,她的过敏性鼻炎发作了。也就是说,她再养猫的想法可能暂时实现不了了。从医院出来,李小棉哭了,她不敢哭出声来,顾不得风吹了脸,管不了别人的眼光,只是自顾自地边走边哭。心里闷了这么久,今天突然就借着这个梗爆发了。估计这场眼泪不是为了错过了一只猫咪,而是她知道自己彻底失去了黄宇。她很难过,哪怕是从没有彻底得到过。他们之间的故事好像从一开始就都稀里糊涂的,小棉自始至终都把这段感情看作是一个人的事。从第一次说我喜欢你,她都在等他的回答,可终究是没有等到。她亦不强求。

在那个年纪,谁都会轻易而满怀心事地爱上一个人,最好的结果无非是两情相悦,最差也不过默默无闻。有些人的遇见,就是为了错过。小棉偶尔也会想念那只不黏自己的猫咪,也会想念那个不爱自己的人,忘记从来都没有那么容易吧。时光还长,该来的终究会来,那个对的人,等着就是了。

第二辑
与一座城市的道别

与一座城市的道别

　　我对于开罗的感受,从来都不是整体的印象和记忆,而是某个恰当的时刻留在心里的一种情愫。跳过忙碌的生活放空自己的大脑,在某个特殊时刻的感触,才会记得深刻。你怀着心事匆匆走过的街道,是不会引起你注意的。我们都匆忙地穿了街道,路过了行人,不曾停下般的。所以,我想问你,你可曾好好打量过自己生活着的城市?拥挤的街道,灰黄的建筑,落满尘土的树叶,都是你所生活过的这座城市的真实样子。

　　就在离开开罗前夕的一天傍晚,夕阳的余晖从天的一侧照过来。我站在阳台上收衣服,风把衣服吹着朝一侧飞扬,我一边取下夹在衣服上的夹子,一边把衣服从晾衣绳上扯下来,这一个小小的举动,在那一刻让我有了强烈的归属感，却又仿佛那么不真实。虽然我在这里生活了这么多年，但我从来都是个恋家的人啊！或许是离别的味道变得越发浓厚，我对这片土地的心意也发生了变化。人，说到底就是那么没意思，心意总是那么容易改变。想起之前巴不得马上离开埃及的朋友，时隔几年之后又纷纷对这片土地述以想念，我就更加知道自己的心情了，于是我开始失眠，开始仔细回忆起许多事情。在翻来覆去的无眠之后，天色刚刚泛白的时候，我走到阳台上，哪怕只伫立于这小小的阳台，也要细细打量并记住这座城市的清晨。

夏天的开罗，不管白天多么燥热，清晨的风还是凉的。太阳初升的时候，天际是淡紫色的，又晕出淡淡的红色，矮矮的建筑群中间会蹿出细细高高的宣礼塔，楼顶上有线电视接收器被凌乱地一个个支起。人们还都没醒，所以还能听见鸟儿清脆的叫声。这一刻的宁静清晨，属于这座城市本身，也属于我。下一刻的时候，这城市的样貌，就成了我的回忆。当我独自一人乘坐开罗的公交车从城东到城西时，会挑一个靠窗的位置，然后随着司机驾驶的快慢而"遇见"这座城市。一个提着菜兜张望路况准备过马路的中年男人，路边走过的两个女孩……他们不知道曾经有人用目光深刻地注视过他们,从这匆匆一瞥中猜想过他们的身份和他们的生活,更是羡慕他们短暂的回家之路。我的千万思绪,在这茫茫的世界里,并不被察觉,匆匆而又深刻地过了。这些被沙子覆盖的寥寥绿植和两旁灰灰的楼,都在我这几年的记忆里,我不知道会不会忘记它们,但至少现在,它们就在我生命里存在着。

　　时间一点点地,就把这座城市变成你的,然后把你变成它的。记得刚开始在这里生活的时候,我有很多次因为搭不到车而手足无措地站在开罗的街头。怯生生地一遍一遍安慰和鼓励自己,开口问路变成了一件很难的事,怕人家听不懂我说的,也怕我听不懂别人说的,怕坐错车,怕走错路,脑海不停地翻滚着思绪,结果便是看着人流和车流走了一波又一波。熬了好久之后才壮着胆子开口问路,坐上了公交回到了宿舍。然后一次又一次的出行让我对这座城市放下了不安和焦虑,到最后因为打瞌睡,在公交车上睡得昏沉而被售票员叫醒,这一切的变化都发生得自然而平常。除了自己生活能力的提升,对那片土地上的风土人情也了解的不急不缓。

埃及的公共交通工具也是很多小商贩的买卖市场。你不知道他们会从哪一站跳上车，从车头到车尾，把自己贩卖的小东西扔在每一个坐着的乘客手里或者身上，然后再返回车头的位置，把东西一个个收回去。不想买的乘客归还物品，想买的乘客就按价格把钱递给小贩，这单生意就算成了。偶尔有拿到东西准备下车的乘客，也绝不会顺手牵羊地把小商品拿走，而是会留给旁边不下车的乘客，然后再归还给小商贩。由于车上拥挤，机灵的小贩们要一直不停地穿梭换乘，所以他们兜售的都是小巧简便的什物，比如一小袋糖果或者是一盒别针、头巾针，再或是厨房里需要的小块防油烟纸、削皮器，等等。我这也只列举了一部分的商品，事实上商品种类真的不少，吃穿玩用，涉及生活的方方面面。流动的小贩在我看来分两种，一种真的是来做买卖的，还有一种就是以这种相对"体面"的方式来讨生活的，卖货的小贩上车后的吆喝是介绍商品的用途和价格，而另一种讨生活的会拿着纸巾，或者就是印着自己遭遇的卡片，上了车先开始诵读《圣训》中关于施舍的内容，然后把手里的东西分给大家，乘客拿了纸巾或是卡片，会递给商贩超过商品价格的钱数,再或者直接把货款和东西一起归还给他,若是一分钱也不想给,就把拿到的东西直接还给小贩,也不用有什么顾虑。这种体面的"乞讨者"一般是小孩儿或妇女居多,还有一些是行动不便的老年人或残障人士。现在想起来这些情景还是觉得很有意思,有一次在地铁里遇见卖小包装中国冰糖的小贩,这可把舍友高兴坏了,这东西在埃及并不多见,当地人买来就会直接含在嘴里当糖吃,落到我们手里可就不一样了。她买回来之后我们又是泡茶又是熬八宝粥,很快就用光了,五毛钱一小袋一口气买了十包,包装实在不大,数量自然不会多到哪里去的。她还可惜了好久,说等下一次坐车外出的时候遇到了再多买一些。这偶遇来的商贩还给了我们这些"老外"一些意外之喜和期盼呢,想起这些,我不禁失笑。这样有趣的事情,要慢慢地想,有什么相关的牵扯,它才会露出头来。这些都是我融入这片土地的印记,你坐着观光大巴看过的街道和行过的路,多少有些形式主义,在短暂的旅途上,本就不能了解得太多,人生亦如旅途,远处是风景,近处是生活,与很多在外的人一样,尔时,家乡是风景,远方却是生活。

在开罗的那几年里,我养成了爱皱眉头的习惯。不知道是源于日光的刺眼又或是心事太重的缘故,等我发现这个毛病的时候,已经成了一种习惯。回到家里和母亲躺在床上聊天,我多半只是听着,母亲事情说到一半,突然停下,伸出手用拇指抹开了我皱着的眉头,责备地说道:"都多大的人了,还皱着眉头?!你已经不是十七八了,到时候这全都是皱纹。"这时我才头一次意识到这已然变成了我的一个习惯。无关长皱纹与否,而是人的一种状态,在外无人知晓,我只管自己走自己的路,可是回到家里,时常皱起的眉头,在亲人朋友眼里,多少就有些奇怪了。于是在之后的时间里,每当自己意识到眉头又凑在了一起,我也用手,轻轻地把它推开,也当作是舒缓一下自己眉周围的神经,也是为了改正这个习惯。一个习惯的养成,有时候就是这么的不经意,改起来,却又十分费神。

于这座城市数不清的日子里,我也只是记得些许事情。记忆如水滴般,一滴滴,缓慢地落下,然后在脑海里晕开。你会猛然间想起:噢,原来在那一天,还发生了这样的事情。然后这往事又如同水滴蒸发了一般,又钻进了你的心里,不见了踪影。就好比有一天出租车司机对我所说的祝福或是我和朋友一次愉快的旅行,虽然不能时时记起,但一直都存在于脑海。就在快离开的时候,每当我看到背着书包的中国少年,我的心都微微地颤抖而又感慨起来。起初我也是那样的少年啊,走路的时候脚下踩着云朵,仿佛每一步都要跳起来,那是年轻才有的轻快和朝气。你们,要好好珍惜啊!会有这样的念头,大概是因为我已经开始老去了的缘故吧。真的要离开的时候,我的心却又变得平静,没有太多波澜,或许一切就如同最开始的时候一样,我来往时的清晨依旧,我离去时的夜晚如常。都没有变,这座城市的一切都没有变,变的,只是我自己。

有没有读过万卷书我不确定,倒真的行了万里路,人生就是这样。来来往往,去去回回,新新旧旧,也不过如此了,回过头来想一想,我的命格早已注定,要一直行走在大地上。从出生到如今,我又何止离开过一座城市,但我想认真告别和回忆的,却是这一座盛满无数远行人青春的城市。与这座城市的道别,我也只能在心里说一声再见,不能对着这一切挥一挥手,然后像告别一位朋友那样奋力地说一句祝福。

与一座城市的道别,是我和自己的道别,是我和时光的道别。我的路,可能很早就已经注定在这沙漠城池之上。那记忆如正午穿过繁茂树叶投在地上的光影一般,斑驳而清晰地存在着,周而复始地出现,直到我生命的终结。

你所不知道的埃及

埃及,全称为阿拉伯埃及共和国,位于北非东部。古埃及是世界上四大文明古国之一,是世界上最早的王国,这里有雄伟壮观的金字塔、神秘的木乃伊,等等。然而这些,并不是我想告诉你的。我想告诉你的埃及,不是游客走马观花般清浅的探访,而是我自己遍布埃及的全部脚印和真切感受。在这片岁月悠久的土地上,在平淡如水的日子里,关于这片土地和人民的最真实的感受,仿佛那一个个深夜里被讲起的迷人故事,是只属于我的《一千零一夜》。三毛曾经说过:"沙漠里的阿拉伯人,形容他们也必须喝三道茶,第一道苦若生命,第二道甜似爱情,第三道淡如微风。"这句话,对于在埃及待了几年的我来说,是让我觉得贴切的,甚至于有点小小的惊喜,仿佛这亦是自己体会的概括,把生活在这里的人的秉性已经告诉了你,却又不完全说破,让你自己去悟。

有点傲骄的埃及人

初到开罗的人,免不了先要去游览一番埃及的名胜古迹,看一看享誉世界的奇观——金字塔。等我到了金字塔买票时才发现,埃及本国人游览金字塔的价格为3埃镑,外国人游览金字塔的价格竟然为60埃镑。随后问起在埃及的朋友才知道,原来不光是金字塔,其他所有名胜古迹(现代公园票价相同,没有差别)都是一样的标准,本国人刷脸就要几块钱的门票,到外国人那就翻了几十倍。即使清楚这是埃及对本国人的优惠政策,可心里多少有些不甘,却又讲不出什么道理。在后来一次偶然的谈话中,一位朋友问起前来做客、学中文的埃及人:"为什么金字塔的门票对你们如此便宜?""因为,金字塔是我们的。"埃及朋友很平淡地答道。在座的四五个中国人,相互看了看对方,没一个人能说出半个字,包括我。那一刻这个回答所带给我内心的冲击到现在都还记得。从一个普通的埃及人嘴里得到的答案，却比任何国家规定之类的利民政策等解释更让人信服和震撼。他那淡定自若的神态更仿佛是说起了自己家里的某样物件，仿佛你根本不该有任何的疑惑和不解，就是连对这种特殊原因的猜测都是不应该有的，因为那本来就是人家的。我另一个埃及朋友中文说得很好，已经拿到了导游证。她每次带中国旅行团都很开心，而且很满足，从她的言语和表情我就能知道她为外国人讲解自己国家历史文明的时候有多骄傲。她每次带团出差回来都会跟我说："亲爱的，你知道吗？我明天要带他们去埃及博物馆，我真的很开心，一点也不觉得累。"她一脸的满足和幸福，让我都觉得很高兴。我以前的舍友，每次约她的埃及朋友出去玩，她朋友都会指着一些豪华高耸的建筑物问她："这样的你们中国有吗？"回来后舍友跟我抱怨说："咱们中国什么没有，真该让她去中国看看。"在随后的日子里，埃及人的自信和骄傲，被更多地体现出来。比如说，有很多次埃及人都告诉过我"我们埃及是世界之母"。在《古兰经》中埃及被提到过24次（在《古兰经》中明确地提到埃及有5次，其余19次通过人物、事件、地名而提到）。反正差不多意思就是全世界都喜欢埃及。而且，一个国家一个民族自古而来的优越感，让他们在历史、宗教等很多方面都会觉得满足，所以他们才会如此自信骄傲。

天真烂漫的埃及人

埃及学中文的好多人都说：你们中国人很冷漠。即使是我前面提到的好朋友，一个叫茹茹的中文导游，也跟我说过同样的话，还举了这样一个例子。她说，有一次她生病了，一个多星期没打开过QQ。等她登录之后发现没有任何一个中国朋友发来信息，没有任何日常问候和关注。她之前也帮过他们很多忙，让她更难过的是，等到下次朋友有事才会发信息问她在不在。刚开始她很生气，后来慢慢习惯了，觉得这就是中国人的习惯，就不那么计较了。我听后也只能笑笑，冷漠仿佛是成长中必须要学会的事。即使不怕别人打扰自己，也很怕自己会叨扰别人，这或许是中国人的性格，有事了大家发个信息，没事谁也不会主动找谁闲聊。埃及人却很在意和看重这些，比如不论什么时候因为什么打电话，先说一句"色兰"，之后就会问候对方"你还好吗？""我很好，你呢？"之类祝福的话。说完了这些才会切入正题,其实中国人也会问候,只不过可能更加简短客套。茹茹还跟我说,她的一个埃及朋友给她打电话,告诉她自己做手术了,结果她都没有问候人家。茹茹跟我说的时候也是一脸歉意的样子,没有关心到朋友显得很不好意思,而且人家视她为好朋友而她却没有在意。这一点上,中国人自古"各扫门前雪"的思想比较深刻,同时也会担心自己会不会叨扰别人,可能含蓄的感情慢慢变成了一种疏远吧。如果是关系一般的朋友,责怪自己没有好好关心她,我肯定会觉得奇怪。结果说到最后,茹茹还是一脸内疚的样子。还有一次在学校,我在玩手机里的游戏,旁边一位女同学看到后很好奇地凑了过来,问我游戏的名字。我不知道游戏的英语名字,回复她之后,她直接跟我说,她想玩一会,接着就从我手里将手机拿了过去非常开心地玩了起来。好在她只玩了一会,我和中国同学也要去吃饭,就起身准备离开时,她才把手机递给了我,接着又问我"你讨厌我了吗?"我笑笑说没有,心里却十分无奈。说他们天真,是有时候他们真的会有孩童般的脾气和想法,简单而直接,让你无话可说。可也有其他的时候,却能带给你整个太阳般的温暖。还有一次,我在地铁站里等朋友,等了大概十多分钟,可能是面露疲惫。这时,一位埃及姑娘轻拍着我的肩膀问:"你是不是遇到什么麻烦了?需不需要帮助?"这种事情我也并不是第一次遇到,他们不心存戒备,不问来路,不问去处,只是想着能不能为你做些什么,这份温暖,足够珍藏一生。

　　平日里的天真说完了,现在来说说埃及人在爱情里的天真和烂漫。阿拉伯人在爱情方面表现出的浪漫,最能体现的地方就是,他们更相信一见钟情。如果是完全陌生的两个人,相互多看几眼,再加上一点浅浅的笑意,爱情的小火苗就已经被点燃了。在大街上相遇,除去寒暄,男方跟女方说的最浪漫的话就是:"我可以拜访你的父亲吗?"(在埃及,如果男女想要进一步交往,相互了解,男女双方要在通知父母及家人的前提下,才有机会单独约会,相亲等初次见面都必须要有家人陪同)这句话的潜在含义是说:我去求你父亲,询问娶你为妻都有什么要求。

　　一位个性活泼的语言中心女老师就曾经很甜蜜地告诉过我们,她下班回家在小巴站等车的时候,好几次遇见了同一位男士,有一次男士主动替她付了车票钱,跟她搭讪说能不能跟她去见她爸爸。虽然这位老师拒绝了男士的要求,但她还是很甜蜜地把有人爱慕、追求她的事情告诉了我们。埃及女孩子也比我们当初想象的要活泼许多,有好多中国男孩会在街上被埃及女孩问到有没有结婚,要不要和埃及女孩子结婚等问题。面对着美丽的大眼睛和曼妙的身姿,以及如此直接的询问,多半中国男生早就羞涩得不知道说什么了,或者随意编一个谎言搪塞过去。阿拉伯民族,一袭长袍,骑着骆驼,天宽地广,漫天繁星赋予了这个民族浪漫天真的特权。他们对世间的事仿佛都可以看得透,又透着一种无所谓的淡然。立足天地之间的他们看透了人的渺小,所以才会显露人性的本真,奔放和天真就是他们的本心。

埃及及阿拉伯国家女性的日常生活

地铁是我平时最常乘坐的交通工具,因为每天去学校都要坐地铁。埃及地铁车厢的设置是这样的:每辆地铁有六节车厢,中间两节是女士专用车厢,前后各有两节是普通车厢,之所以说是普通车厢而没说是男士专用车厢,是因为女人可以乘坐任何一节车厢,有男性陪同乘坐普通车厢,或自己独自乘坐也无所谓。

而男性乘客基本没有独自一人乘坐女士车厢的机会，偶尔有鲁莽的男性在慌乱中上错车时会被耿直敢言的女性乘客"赶"出去的。夏天人特别多，车厢又挤又热，但却十分放心，因为你根本不用担心遇到骚扰或者其他不便。普通车厢多，第一是出于女性乘客自由乘坐的情况考虑，也代表了男士的出行率大大超过女性，因此才有了2—2—2的分配；第二是中间两节车厢作为女士专用车厢，我自己认为，可能也有它的意义所在：如果地铁发生了任何类似于追尾或相撞的事故，也会最大程度地保护女性乘客的安全。我在公交车上看到过独自站在妈妈和妹妹（她们是有座位的）身边的小男孩，也接受过陌生男士让出的座位。还有我下楼时恰巧遇到要上楼的七八岁的小男孩，靠墙主动给我让路的情形。还比如，排队办手续的时候，很多地方都是男女各排一队，这都很大限度地给了女人们便利和安全。于家庭来说，埃及男人打两三份工的现象很普遍，女人则只需在家相夫教子，根本不用出门来感受生活的艰辛，这也是阿拉伯很多妇女在结婚后体重急剧增加的原因。而且周末商场里抱着孩子陪妻子逛街、在试衣间外等待妻子试穿的男子也比比皆是。最让人忍俊不禁的就是偶尔扎堆坐在长椅上休息、垂头丧气一脸疲惫的男士,都是等妻子女儿逛街的好男人,估计能在这里休息都已经是妻子开恩了呢!试问国内婚后的先生们能有多少耐心陪伴妻子逛街消费又不催促、不制止的?就凭这一点,我觉得也很能说明问题了。按守恒定律来说,所谓的约束是由更多的陪伴和保护来代替的。当我在埃及看到一个矮小的男人轻松地扛起煤气罐上三楼之后,我不得不承认,女人和男人之间,本来就是没有可比性的。人与人之间最重要的是相互尊重和爱护。就按俗话说:一个女人唯一能打赢的男人,只有自己的丈夫。

有人向穆圣(愿福安之)请教说:"谁最有权利接受我们善待?"

圣人回答说:"你的母亲。"

那人又问:"其次呢?"

穆圣(愿福安之)说:"你的母亲。"

那人第三次又问:"再其次呢?"

穆圣(愿福安之)重复说:"你的母亲。"

那人又问了一遍。

穆圣(愿福安之)答道:"你的父亲。"

穆圣（愿福安之）说过：天堂在母亲脚下。

这就是伊斯兰对待女性的态度。来了埃及这么久，我才看到阿拉伯国家对女人的爱护和尊重，才脱离了穿衣不自由所带来的女性被压制的认知。一身衣服不是生活的全部，它代表不了阿拉伯女性的自由与否、幸福与否。如果不是自己亲眼看到，我估计自己也很难改变对阿拉伯世界女性生活状态的看法。但当你真正身在其中的时候，你就会清楚地看到事实的真相。这一切简单而真实，女人对于男人是关爱和依赖，男人于女人是拥有和保护。

2016年初，习主席到访埃及，这对于中埃两国关系来说是更深一步的促进。不仅仅是经济上的紧密贸易往来，就连老百姓对中国人的态度和对待中埃两国之间的关系，都变得更加温柔、客气起来。习主席来的那天，我正好逛完街坐上小巴准备回宿舍，小巴司机看到路灯上插着的五星红旗和因交通管制而增加的交警，热情地跟我说："你们是中国人吗？中国领导人在埃及呢，愿真主祝福他。"第二天我去药店买药，依旧被埃及人问起，也很诚恳地告诉我们，中国的领导人在埃及,埃及人民欢迎你们。那种自豪而亲切的感觉从心底泛起来,透着说不出的得意。

因为心情好,隔天傍晚和同学去了尼罗河散步。冬天的尼罗河没有夏天那么热闹,冷清了许多,集中在一起的小游船也毫无生气,只剩五颜六色的霓虹灯在闪烁。岸边上的小摊也卖起了埃及的热汤,里面放了大颗的豆子,汤用西红柿和牛肉熬制。河边的游客相比夏季少了很多,寒夜里只有冷清的河风、餐车上热汤腾起的热气以及埃及姑娘被风拉扯起来的纱巾一角,埃及的冬天显得格外单调。

夏天傍晚的尼罗河畔,是埃及最著名最温情的娱乐场。沿河都是环境优雅的豪华酒店和富人区。仿佛有水的地方就是温柔的,三五个少年坐在河岸的栏杆上拍照,也有情侣在河边散步,那场景根本不用说话,享受此刻的美景是人类情感的选择,那感受才最真实。看着尼罗河,置身于异国的感受仿佛会更加强烈。当你看着平静的河面,才会去思索这条河的意义,仿佛那风一吹,世人都变成了自己世界里的哲人在思考着人生。

埃及有句谚语说:"喝了尼罗河的水,就一定还会回来。"我无法验证这句话的真实性,可是埃及在我的生命里,的确是永远都抹不去的。喝过世界上最伟大的两条河的水,我是不是应该觉得幸运?我想是的。

这里的人们,不曾见过山清水秀、温婉如画的江南,不曾见过寒冬里纯白的世界。他们,在广袤的沙漠里守着烈日,环境的艰苦早已注定,于是炙热成了他们的个性。他们,如流沙一般,灵动而简单,柔软而粗犷。在沙漠的烈日下,骆驼和依傍着沙漠而居的阿拉伯人,就成了徐徐清风,有着说不完的柔情和故事。

摘下一颗星

八月份的时候,中学同学来埃及旅游。我替她安排好了行程,大部分地方是我之前游览过的,也有一两处没有去过,正好借这个机会同她一起去看一看。从北京飞往开罗的航班都是早晨到达。同学到达后稍作休息,我和舍友便带她去看开罗市值得一去的景点,之后夜游尼罗河。第二天,我们就一同去了黑白沙漠。

黑白沙漠位于开罗西南部的拜哈里耶绿洲附近,距离开罗约6小时车程,因沙漠有黑白两色奇景而得名。黑沙漠千万年前是火山,火山爆发后熔岩冷却凝固成粗粒玄武岩和含铁石英砂,铺在黄沙之上,所以整个黑沙漠的表面被一层黑色煤渣似的沙粒覆盖着。白沙漠不是由"白沙子"组成,所呈现的白色大部分是因为岩石露出来,让沙漠整体看上去是白色的。落日时分,白垩石上泛起了紫色的微光,特别唯美,此刻的白沙漠变成了粉沙漠。这些颜色呈红色和紫色的是含铁的砂岩。除了"水晶",其实黑白沙漠里,处处是矿石宝藏。

我和同学,还有我的舍友一同前往。虽然我的舍友之前已经去过黑白沙漠了,但由于当时正值暑期放假,她一个人待在宿舍也感觉无聊,所以也愿意和我们同去。那一天的行程大部分都在路上,早上出发下午到达沙漠,之后在沙漠里过夜。第二天早上趁日光还不是很强的时候,去看几块有意思的大石头,中午吃完饭就返回开罗。旅途时间短,所以我们都只携带了简单的行李,一人一个双肩包,还拿了外套,因为沙漠里温差很大,晚上气温偏低。

早上八点,我们准时从开罗市中心出发。8月的埃及最高气温能有40多度。我们先从市区乘小巴车到了沙漠边缘的地方,然后小巴换成了两辆吉普车,一个车里四个人,从沙漠边缘进入沙漠深处。一同去的司机兼导游是两个埃及本地人。稍做停顿之后,伴随着炽热的太阳光,向沙漠里进发。

车里没有空调,一路上热得厉害,我们这几个游客并没什么心情说太多的话,晕乎乎地到了一个沙坡背光的地方。埃及导游停下车,大家就都下车休息,这是我第一次正儿八经来到沙漠,却并不是第一次路过沙漠,从开罗乘车去其他城市的时候,从沙漠公路奔驰而过,望着窗外看不到边际的沙漠和远处一层层浮动的热浪,心里只有深深的绝望,并对这里的人们抱有敬畏而同情的心理,在这一片荒凉的地方生活,他们其实需要拥有更强大的心态和智慧。

我们就这样一路感慨着深入沙漠腹地,这时连公路也走向了尽头,眼前全是黑白色的大块石头和沙粒,也看不到边。小巴是不可能开到沙漠里来的,因为在沙地上行驶难度大了很多,手机信号也随着我们的深入而渐渐地减弱。我开始担心起我们一行人的安危,车轮下陷是最容易遇到的麻烦,被困在这沙漠里,叫天天不应的,是很糟糕的事情。

天色开始越来越暗,天气也逐渐凉快了起来,我却越来越清醒,一直看着窗外,心里也异常地紧张。吉普车绕过一个巨大的白色岩石块之后,我看到了沙漠里一条特殊的路,那条路是用很多块样式各异的石头摆出的两条石头线,车辆就从中间驶过。看到这松散石头摆出来的路时,我悬着的心才放下一些,这证明我们并没有走错,沙漠之旅到这里还是一切顺利,也开始佩服起两个当地导游的认路能力,于沙漠上生活的人,认得沙漠的样子,他们也用他们的智慧,在沙漠里讨生活。

在天色已经暗下去的时候,我们到了要扎营的地方,司机让我们下车,然后他们开始从吉普车车顶上卸下帐篷支架和绳索,简单地在沙地上铺好了可以睡觉的席子,安好了睡袋,支起了一面挡风的布墙,接着他们又开始准备晚饭,晚饭是传统的埃及餐——烤鸡和米饭,还有一些蔬菜沙拉、水果。领队和两个埃及导游三个男人在一边聊天,我们六位女游客也才得了空聊天,因为刚才都是三个一组分开坐车的。果然饭桌前才是聊天的地方,大家简单地聊了聊各自的身份和旅游的原因,三位大姐都是从天津来的中学教师,听说了沙漠的星空很美,所以身上背着价值十几万的摄影装备来沙漠拍星空。大家随便寒暄了一会,一人半只烤鸡下肚,吃完就各自围着驻扎的地方随意地走走。

远处的篝火不停地跳跃着，天空也彻彻底底地变成了墨黑色，星星逐渐挂满了天空，现在完全记不太清是什么时候，只是猛然抬起头，就看清了满天的星星，那一刻，我只想流泪。

这里的星星美得很安静，它不吝啬自己闪亮的星辉，没有羞羞答答地躲在云朵后面，它们不喜欢人类世界的喧闹，于是在都市的夜空把云朵一层层地盖在了自己的身上。原来，它们都静谧地躲在了这人迹罕至的沙漠里，沙漠里的夜空才是它们的故乡，在这片天空里没有人会在乎月亮。我只觉出对大自然的敬畏，眼泪在我眼睛里打转，满腔的情感伴随着加速的心跳，这一刻的眼泪和感动，只因这一片星海。

我在沙地里慢慢走着，沙漠里的沙子比公路旁的沙子细了很多，软软的，于是我脱下了鞋，很认真地站在这一片沙漠里，尽可能地用身体的每一部分去感受当下我所能感知的一切。沙子并不扎人，一脚踩下去，脚被浅浅地包裹起来，深夜的沙子很凉，还有些许的潮气，白天太阳所赋予它们的热量早已经烟消云散，配合着夜晚的清冷也变得透着凉意。

我往前走，不远处传来同伴的呼喊声，我才回过神。"喂,你过来这边啊,来这边聊天。""好的,我来了。"我循着声音找过去,大概二三十米的距离,那里有一块白色的裸露的岩石,我的两个同伴已经都坐在那里抬着头看着天空,我走到她们身边,也坐了下来。"真美啊,我都要哭了,这是我看到最美的星空。"同学轻轻地说道。

在我们有一搭没一搭聊天的时候,团里的另三个团友在离营帐不远的地方支起了三脚架,换好了镜头,调整好了角度,拍下了这片星海。那个摄影的大姐好心地喊我们一起去在这片星空下合影,还给我们每个人单独拍了照片。

一起合影的时候,团里另一个人说:"这么小都看不见谁是谁,怎么知道星空下的就是你?"

"我自己知道就行了。"摄影的大姐不假思索地答道。

自己真真切切地走过的路,远比这镜头里定格的风景重要而有趣得多,照片是拿给别人看的,眼前的风景才是你脑海里永恒不变的记忆。比起其他人的看法,自己的感受才最珍贵。我们都如同这世间的小小星辰,散落在这人间不同的地方,拥有自己不同的光芒,也汇成了不同的星河。在这最真实的景观里,我才真的看到了人类的渺小和无知,这世界远比你所能看见的美好而残忍,就如同白天沙漠里的绝望、毫无生气,可夜晚这沙漠里的星辰又美得让人忘我。我有幸见了这一片星海,偷偷摘了几颗存下来,如果我送你一颗,不知道能不能让你觉得快乐?

房东阿里的传说

在开罗市阿巴赛亚区的一条小马路旁,有一家名叫阿里·阿里的金店。这店铺一点也不起眼,落满灰尘的招牌和橱窗,通过大大空空的玻璃橱窗也看不太清店铺内部的陈设,因为里面没有开灯的缘故,你只有把脸贴在橱窗上使劲地往里看,才能看见店里面玻璃柜中摆放的已经失去了光泽的金器、银器和一些小东西,比如首饰和钥匙扣之类的。如果你什么都不了解地从那里走过,肯定都不知道那是一家经营什么的店铺。碰到胆子小点儿的人,估计就算有店伙计出来招呼人进去买东西,都是不肯进去的,这一点,我敢保证。这就是我要说的那家金店,这样一家外表破旧的店面,你可不要小瞧它哦,它可是在开罗留学生中以地标般重要地存在着。相约见面而又不认识路的学生，总会问道：

"喂，你知道阿里金店吗？对，我住的地方离那里不远，那我们就在那儿见面好了。"

这样的话是时常被说起的，住在那一片的中国人，几乎都知道阿里金店，而远一点的人呢，也差不多都一样。

阿里金店的拥有者，就是阿里。他是个普通的埃及老头，身材在年轻的时候也绝对不算高大，老了又多少有些佝偻，体形偏瘦，就显得越发矮小了，偏黑的皮肤和脸上的皱纹让我估计有六十五至七十岁的样子。他戴着眼镜，多半时候表情严肃，有时候又微微地笑起来，但这种情况并不多见。他总是穿一件灰色或者深色的长款西装，在自己店铺前面的小空地转悠，有时就坐在门口晒太阳。其他的，也没有什么特别的了。

我和房东阿里的缘分，并不是从我最初到埃及就开始的，即使起初我租住的地方离阿里金店并不远，却连路过金店的机会都没有。第一次知道他，还是跟着一个学姐去别人家做客，大家闲聊时说起的。因为学姐的老乡搬了新家,所以喊朋友们过来认门,寒暄热闹之后,便谈起了搬家的原因,这也是我头一次听说了关于房东阿里的事。

"那个房东真能气死人,直接赶我们出去,还扣下了我们新买的冰箱。"

"为什么他要扣你们的冰箱?"

"因为房间里原来的冰箱根本就不能用,所以我自己买了一个,结果房东非要说那个旧的是我们弄坏的,新买的就是要赔偿给他才对。"

"那你们的租房合同呢,没有合同吗?"又有人接着问道。

"还说呢,我刚拿出来合同就被那老头一把抢过去撕掉了。"

事情的来龙去脉大概就是这样的,至于阿里老头为什么要赶他们出去,最后也没有说清楚,好像有其他中国人愿意出更高的价格来租他的房子,房东老头能得到更多租金,自然高兴,于是就翻脸赶他们出去了。

我时常能自己脑补出这样惨烈的场景,想象阿里老头是怎样以埃及人特有的说话方式叫嚷着,接着撕毁了合同,又以怎样强硬的态度将那几个中国留学生赶出房子。这是我第一次听说阿里老头的名号和事迹,于是对他留下了很深的印象,并对被阿里老头赶出来的同学深表同情。(出门在外,还有什么能比栖身之地在毫无准备的情况下被剥夺,卷着铺盖上街更累心的事情呢?)再后来,我又陆陆续续,从不同的场合、不同的中国朋友那里,听到了更多关于阿里的事。讲述的人和场合我已经记不得了,但每次关于阿里的话题却总能深深地印在我的脑海里:"看到中国人搬家的时候,他守在门口检查人家的行李,看看有没有搬走自己房子里原本就有的家具。听说他还从一个中国人那里扣下了几个厨房用具,汤匙之类的东西,但那明明就是人家自己的;合同到期要搬走,阿里老头一分钱押金也没有退给人家。"就这样,阿里老头因为他那些租出去的房子,攒下了越来越多的事迹和故事,最后彻彻底底落下了一个恶房东的名声。

说阿里老头传奇,不光是他这些很不友善的"事迹",还有一个很重要的原因是,他真的是个非常富有的老头。对他的财富猜测无数次被我们同楼房客在聚餐的时候提起,这也有意无意地丰富了我们的课余生活。我们所能窥探到的是：那条街上两栋对立于马路两侧的10层大楼，里面基本都是阿里的房子，除了他自己住的顶楼复式，和其他寥寥可数的埃及住户，几乎都租了出去，而其中绝大部分又是租给了中国人。如果租客们都同一时间来交房租，那么阿里金店门口肯定是要排起队来的，能排多长我不知道，但肯定不是七八个人的短队伍。阿里老头除了这两栋楼里的房子，听说在这附近还有其他房产。想想光靠收租就能过上富裕的生活，真是让人多少有些羡慕啊！

除了这些，我所租住的那栋楼里有一个地下室，通往地下室的楼梯被私自焊接了栅栏，楼梯口弄了一个铁门，门用大锁锁着。据说地下室里全是阿里老头囤好的金器、银器，为了安全起见阿里还安置了一条很凶恶的大狼狗在里面守护着他的财宝，颇有童话故事的神秘味道。我有一次在等电梯的时候听到了从下面传来的犬吠声，因为地下室空旷因而产生了回音，使得那狗叫声越发的有震慑力和恐怖感，也使得我越发相信里面真的有许多宝贝。据说地下室只有阿里老头有钥匙，那狗也只认阿里老头。地下室里的金器、银器倒是没见过，但阿里的大狼狗有一天出现在了金店门口，蹲在地上不停地吐着舌头。远处还放着一个不大点的烧煤炉，炉子上有个不太成型的破旧铝锅。可能是因为铝锅不大，几大块牛肉放在锅里显得格外得多，一想起埃及没鞋穿乞讨的小孩子，我的心里又是一阵感慨。不光是狗，阿里老头还在楼顶的空地上养起了鸽子。鸽子的用途没有人关心，所以并不知道阿里是兴趣所致养的，还是为了煮来吃的。

我们这些房客从自己所看到的细微之处拼凑着关于阿里老头的一切。有一次交房租的时候，他告诉我如果有美金的话可以找他换取埃镑，我或者我的朋友有需要都可以找他换钱。的确，关于钱财这方面，阿里确实是一个勤奋的老头，所以他的金店不需要开灯，人家可从不指着这店面生活。只是在偶尔有熟人来买东西的时候，他才会拿出钥匙，打开金店的门。他自己待的那间屋子，就像个五金店。破铜烂铁一大堆。阿里老头还很小心谨慎，不知道是身为有钱人的安全意识太强还是自知"得罪"了不少的留学生怕被别人报复，人家可还是配有枪嘞。有一位体形和气质略显彪悍的朋友到金店去找老头打听房子的时候，刚进了阿里办公室片刻，才说出了句"色兰（"你好"的意思）",还没来得及说别的话,就被阿里老头用枪指着赶了出去。钱这东西,让人厌恶也让人喜爱,也同样让人敬畏。附近的埃及人跟阿里老头聊天的时候,那恭敬的样子,一口一个"哈吉阿里"叫得极为谦卑,那时候的阿里老头悠然而自信,微微笑起来,这使得谁都能感受到他那轻松的神态。

阿里老头对别人怎么样,暂且不论,他对我,确是没有刁难过的。这也使我常常暗自庆幸和思考,是不是阿里老头年纪大了懒得过分计较,所以才变得和善了起来?最初我从一个中国姑娘手里转租下阿里的房子,我们私下交易之后就找到阿里老头(这完全是出于怕押金被克扣的考虑)又重签了一份新合同给我,然后接着租下他的房子,事情也进行得特别顺利,我也从那一刻开始正式成为阿里老头的租客。

鉴于听了那么多关于他的"事迹",我也确实是想给他留下好的印象,以免之后被刁难。于是我偶尔路过都会跟阿里打个招呼问候一下,他有时候也会很主动地跟我打招呼。除此之外,每次一到月底我都会很主动地把房租拿下去交给他老人家,该给的钱一分都不可能省下,何苦让别人等呢,也可能正因为每次交房租都不要他操心，在每次交完房租之后，他还要跟我寒暄几句，偶尔直接地说道："你人真不错。"

阿里每天都坐在自家金店门口，依着晒太阳的好处，他自己承担起了看门人的角色。我所租住的楼楼门口在阿里老头金店的正对面，阿里有严格的时间表，每周日雷打不动要休息，金店也不开门，他自己给自己放假了。某个周日傍晚，我的宿舍被人破门而入，翻得乱七八糟，正好那天我不在家，回来的时候就看到门是虚掩着的，还有隔壁来埃及做小生意的中国人一家也被撬了门，一到家看见这个情况我就急忙给阿里老头打电话，说明了情况，不一会，阿里就从对面的楼上来到了我这里。那时同楼住了不少好朋友，也都闻讯而来，等阿里看了看现场，问我都丢了什么，我说就丢了一台笔记本电脑。我问他这件事要怎么办，如果报警也需要他的协助。阿里老头说不要报警了，警察是不会管的，而且带去做笔录什么的可能到早上也未必能弄完，白费工夫。鉴于之前对埃及治安环境的了解，最后我听从了阿里老头的建议。隔壁做生意的南方人完全是来下苦力的，拿着计算器出去摆摊子的人，也由于语言上的障碍，阿里老头只是随便问了问他们,并没有过多从他们那里了解什么。最后事情稍微平息一点之后,阿里老头和另一个与他同来的男人转身离开,在走之前他问我:"你需要钱吗?如果你需要钱,我可以借给你。"

"谢谢您了,我不需要,我朋友也可以帮助我。而且我的钱没有丢。"

"真的吗?我还是先拿给你一些,之后你还给我,之后你还给我就是了。"

阿里老头说话的同时,已经从口袋里掏出一沓子钱,然后数了六百,拿给我。他拿钱的手由外向内画了一个圈,用手势又强调了一次:别忘了下次把钱还给他。我不想拒绝他的好意,最后还是道谢收下了。等到下个月该交房租的时候,连同房租一起,我把他的六百埃镑一起还给了他。阿里拿到钱,很是高兴,连我都能看出他满意的神情,可他还是很客套地说:"你不用急着还给我的,你可以先拿着用。如果你需要的话。"我又一次道谢,阿里满脸堆笑。他安慰了我几句,告诉我不要害怕,把门锁好,睡觉前要纪念真主,要念三遍忠诚章,然后就可以放心睡觉了,什么都不用怕。他说完还是微微笑着,很是和蔼亲切,但当我想起之前听说的种种,想起他之前对其他人的所作所为,很难将这两个阿里重叠起来。

这让我想到了一个以前给我们补课的埃及老师。从一开始他就告诉我们他不是出于钱财的目的而帮助我们,而是为了得到"萨瓦不(音译,意思是'回赐、恩典')",但是最后水涨船高的补课费和越来越短的补课课时却并没有成为这句话的凭证,真是让人苦恼。我们都很容易把自己的行为和对待他人的评价上升到精神的高度,于是更多的人性弱点暴露得如此赤裸,很容易令人失望。本来盼望这里的信仰会让人更温和谦虚,你抱有这样的态度,往往发生一些不快时,就会让人沮丧加倍。现在,你们大概知道我对阿里老头借给我钱的事情抱了一种怎样的看法了。我其实并没有那么需要那六百元钱,要是阿里能对这些千里迢迢来此的学子更加谦和一点,是不是会更好?后来房租到期,我就按老样子搬了家,把房子转租给了另一个中国人,从她那里拿了押金,跟阿里老头打了个招呼,就搬了出去。

阿里老头去世的具体日期,我不知道,只是2016年8月1号那天,在朋友圈里看到了阿里老头的讣告,内容大致如下：

"哈吉阿里阿里艾哈迈德的殡礼在××清真寺于晌礼后举行。"我们来于真主，我们必归于真主。"

我的内心，一时感慨万千。老房东阿里的财富传说和老房东阿里，都应了主命，终归是去了，随后我也转发了阿里老头去世的消息，朋友们也一时在微信圈留下各种评论，有人留言说："一位传奇的老人，走前不知道跟中国学生们要"口唤"（音译，意思是"许可"）了没有。"还有已经离开了埃及的朋友说到现在都忘不了阿里老头。比起这样的闲言，阿里老头的租客们更关心的是下个月的房租交给谁的问题，也担心会不会有什么麻烦，估计是阿里的儿子来接着收房租。听说阿里还有一个漂亮的女儿，而他的家人，我一个也没有见过，或是见到也没有留意罢了。随他去吧，我也只是默默地感慨，我们早已没有了瓜葛。

后来我路过那里，那空空的一小块方地，和一直拉着卷帘铁皮门的阿里金店，更加的陈旧和让人看不透了，这些迹象都化作一根根针，在我考虑是不是星期天的时候，把我扎醒，阿里老头，已经不在了。阿里的两栋楼还是静静地屹立在路两旁，迎着埃及的太阳和月亮,马路上的人流车流还是一样的多,来来往往,没有片刻的静止,而关于老头的一切,也就随着这些,都消散了。

不论你在别人的生命里以何种面貌出现,我,还是祝福你的。

再见,我的房东阿里先生!

第二辑　与一座城市的道别

让命运原谅

我不知道，那个瘦高的埃及少年，在我们租住不到一年的房子里，踩了多少次点，计划了多少个日夜，在埃及依旧不算温暖的清冷冬天，等了多少个小时，手里拿着刀子，等着我们两个女生打开阳台的门，放他进来，然后让他自己从我们这里得到些什么。

埃及因为常年高温，多半的居民楼都建得并不高耸。我们租住的三层小楼就是房东自己家盖起来的，我们住的三层只有一室一厅封了顶，靠着街道的那一间房子就成了一个宽敞的露台。房东还别出心裁地用木头架子弄了几根横梁，横梁上铺着草席子，还有一点小小的惊艳之感，要是能在凉爽的夏夜，在这露台上喝茶吃烧烤享受微微的轻风吹过脸颊，想来也是件十分惬意的事情。想法总是好的,可命运总爱捉弄人,我不得不说。回想起过去发生的事,自己依旧心有余悸,如果不是时间上的巧合,如果不是抱着最后一点反抗的决心,我绝不能心如止水地跟你讲述这个故事。

那天刚好是期末考试的最后一天,由于熬夜复习的缘故,考完试回宿舍补觉就成了我们的惯例。中午睡觉下午起床。考完试一身轻松,有大把的时间可以消磨,于是我就和舍友一起去离家不远的麦当劳吃晚饭,吃饱了更是变得懒洋洋地。我们在麦当劳里休息了好久,才慢吞吞地打道回府。刚到家的时候,租住在我们不远处的另一个同学发来信息说:"你们俩在家吗?我一会过来把钱拿给你。"(我之前借了一些钱给他应急)"我们在家,等你。"我回复完信息之后,就跟舍友打了个招呼,说有另一个同学一会儿要来,然后我们打开了屋外走廊的灯。舍友没有去洗澡,我俩都穿戴整齐地等着同学来还钱。因为考试已经结束,又吃饱喝足了,满血恢复了一般,反正闲着也是闲着,我便打算把屋子收拾一下,各门课的资料也该清理了,便打算把多余的东西都先堆在阳台上,于是我打开了阳台的门,步子刚迈了出去,就看到门后的身影,脑子还没转过来,就被一把推搡到墙角眼镜也飞了出去,眼前一片模糊。等我缓过神来的时候,已经被一只手捂住了嘴巴,眼前还有一把明晃晃的小刀在黑夜里发着银色的光,他威胁我说不要叫,其他我记不太清了。接着他又说了些狠话,我忙着点头,他看我已经被控制住了,便一把拉住我的衣领,扯着我往屋里走。我虽然不高,但终究也是一百多斤的体重。我就这样被拉扯着前进,一点反抗的余力都没有,身体弯曲得像只虾子,使劲用脚刹着地,却无济于事。此时在卧室的舍友也已经看到了这个陌生的男人,对她来说也是措手不及。当时,我们都没有做出过激的对抗措施,只是乖乖听话。现在回想起来,那个少年的意图并不是想图取钱财,他可能自己也没有什么周全的考虑,就是走一步看一步的"冒险"犯罪罢了。整个事件的大致过程是这样:少年拿着刀进来,威胁我们,试图得到自己想要的东西,然而,突然响起的敲门声成了整个事件的转机。在听到门外有人的时候,少年明显吓了一跳,我也仿佛是抓到了救命稻草一般,用光了所有勇气然后大喊着双手夺刀,坏人甩开我,将我推翻在地,按原路从阳台跑了出去。在少年逃离之后,我和舍友开始疯狂地喊叫，同时也打开了一直被反锁的房门。世界的混乱仿佛刚刚结束，又像才刚刚开始。我俩的尖叫声立刻惊动了街坊四邻，很快房东就冲了上来，因为他就住在我们楼下。我们推测了少年来往的路线，向房东叙述了整件事情的经过。房东打电话给警察，警察一听说是抢劫案就直接挂断了电话，那头传来尴尬的嘟嘟声。就在惊恐过后逐渐的平静之中，我的胃开始抽搐般地疼了起来，疼得我直不起腰，应该是惊吓过度引起的胃痉挛，这才发现人的身体构造真的是个神奇的工程。

原本那个寒假我并不打算回家过年，可因为发生了这件事，第二天一大早我就发信息跟妈妈说我要回家。我不敢发语音，因为我怕自己会难过地哭出来。可即使隔着屏幕，即使隔着几千里的路程，母女还是连心的。妈妈可能觉察出了我的异样，问我说为什么不发语音只打字，我的眼泪一下就落了下来。我说因为舍友睡觉不想打扰她，妈妈信以为真，接着还问我怎么就突然改变了主意。我也都是随便找了些借口搪塞了过去，然后就订了当天晚上的机票，匆匆打包了行李，下午去机场，第二天下午就到了家。

由于被推搡的缘故,我半边身体都感到酸痛,脖子也疼,嘴唇边缘也发红发硬,可能是急火攻心导致的上火。好在我本就是个坚强的人,刚到家的时候没有任何的异样,也没被家人看出任何破绽。时间把所有的事故和故事都推得越来越远,半个月以后我跟妈妈回老家去参加表姐的婚礼。闲暇的下午,我们坐在咖啡厅里喝东西,我才跟妈妈说了这件事。讲故事的时候我很努力地忍住不哭,可是妈妈听着听着却红了眼眶。

从第一次说起再到后来,我的心态也越来越平静,也觉得庆幸,是我救了我们,也是另外一个及时出现在门外的同学救了我们。除了惊吓一场之外,也并没有失去或损失什么,唯独对我有影响的是,即使回到了家,我也保持了晚上反锁大门的习惯。

至此之后,通往那栋房子的小路我是不愿意去走的。可能因为害怕,也可能是类似于不想回忆的抵触情绪,除了搬家,那条路,我确实再也没有走过了。后来舍友跟我说,在我回国之后,房东满大街地照了很多年轻人的照片来给她看,问她是不是那天的那个少年。即使我眼睛高度近视,即使事后我的大脑一片空白，可就在我去机场的路上，他的脸突然变得清晰起来。

即使到现在，我都还记得他的样貌。但我没有专门去寻找过他。他不认罪又是一番烦恼，他承认的话，光是街上的人都可能先把他打个半死。埃及监狱里的恶劣环境我也是略有耳闻，真的抓住了他，他也会断送了一生的前程，从此他就会背负上罪犯的名声，永远受人指点，家里人也跟着遭殃。坏人犯罪理应被抓，并不可惜，但也是另一场自导自演的悲剧。

我愿意原谅他，或者是命运替我原谅了他。不管他对我们抱着何种企图，命运都没有让他得逞，这就是我原谅他的原因。我希望他牢牢记住做贼心虚的那一份恐慌和不安，永远都不要忘记，心存愧疚也满怀对命运的感激，自此断了所有犯罪的念想。命运没有让他伤害我，更希望他也得到了他应得的教训。所以，我愿意原谅他，愿他从此做个好人，至少不要再去犯罪。

跳舞的女子

我能看到她的侧脸，面冲外，两眼看着河的远处。她一口一口地吸着香烟，那随即吐出的烟雾如同她的寂寞与无奈，在喧嚣的夜里若隐若现。

她是在埃及最大众化的游船上跳舞的女孩子。一上船任何人都可以猜得到，因为她坐在了船头的位置上，那个位置一般都是留给船上的工作人员的。她既不收钱卖票，也没有端着茶水或咖啡、小零食，自然也不是商贩，那肯定就是船家为了营造气氛、迎合乘客而特意安排的跳舞女子。我很喜欢看埃及姑娘跳肚皮舞，由于期待，所以我便将目光时不时地投向她。

尼罗河上的游船，有闪烁不停的霓虹灯和震耳欲聋的阿拉伯音乐，装扮得虽略显俗气却不失趣味，而且票价低廉，可以拉着游人在尼罗河上有范围地观光一圈。凉风拂面，这对于身处在白天极其炎热的埃及的人来说，是极大的享受。等船满员，开动，我以为她一开始就会跳舞，由于期盼的心情更加殷切，所以看向她的次数也越发频繁。可她依旧坐在那里，面无表情地向外望去，或是看着河面，或是看着岸边，也像发呆似的，不喜不悲，没有一丝情绪。只有不停吸着香烟的动作，才给她添了些生气。不知为何，那样子让我心疼。

　　她不是舞女，只是一个在船上跳舞的女孩子。即使时代不断变化，"舞女"一词依旧被人们附注了太多不好的含义。她没有穿着艳丽而暴露的服装，没有浓妆打扮和刻意地讨好，更没有看客轻佻的欢呼和笑声。她只是没戴头巾，留着偏分的刘海，后面的头发极其简单地绾着发髻，身着最平常且略显陈旧的衣服。如果她不坐在那个专座上，没有人会注意她，即使在那条船上，她的装扮和样貌，也都普通得像是游船上的乘客。我等啊等啊，等到船行将要过半的时候，她才走到船舱中间，伴着音乐，开始跳起来。

　　埃及姑娘们的肚皮舞，动作虽只有那么几个，但却让人百看不厌。有个埃及朋友说她们所有的女孩跳肚皮舞都跳得很好,就像只要是中国人就会用筷子的道理一样。这也许就是"一方水土,养一方人"缘故吧。那腰肢柔若无骨,只是身体的那一小段,却能舞得那么有魅力,那么灵活,那么让人喜欢。

我心疼她,阿拉伯的女子,有几个会为了生活而抛头露面,愿意在这夜色里,接受许多陌生的眼神呢。在绚丽的如同夏花般的青春里,把自己的寂寞和无奈,化为一种漠然,放在喧闹的角落里。

短短不过十几分钟,游船靠岸,我们离开,新的客人上船,在她为这生活周而复始地拼搏的时候,我只是偶尔记起她,然后,从心底,为她祝福。

一个女孩子,为了生活而舞蹈,是一种勇敢。每个人,为了生活而奋斗,都是勇敢的。

花见京都

东京银座的美在于现代感,笔直的街道和摩天的高楼都让人喘不过气,巨大醒目的各类广告牌无时无刻不在召唤着人们的欲望——对钱、对物质、对享乐的欲望。人如蝼蚁般渺小地穿梭其间,配着各色的心情和面貌。东京的确很美好,可往往越是美好的东西,才越容易让人感到绝望。它如同一个衣着艳丽高贵的性感女郎,烈焰红唇,珠光宝气,却美得让人难以接近。而京都,就像是一位穿着淡雅和服的艺伎,轻持折扇或轻撑纸伞,妆容考究,踏着木屐缓缓而行。素雅清淡得让你觉得养眼舒心。这就是我对京都最直接的感受了。

京都的建筑普遍低矮,庭院似的住宅房屋也随处可见,小院门口写着自家的名号,院里的绿植也郁郁葱葱,增加了房屋的神秘感,让人不能一眼望穿,也添加了许多的自然风情。导游在车上讲了些京都的历史,我听得稀里糊涂,就自己上网做了功课:

古时京都城被称为平安京,由恒武天皇开创,仿照长安格局建造而成,由此拉开了平安时代的序幕。应仁之乱,京都经受了十年战事蹂躏,步入群雄争霸的战国时代,战国大名跃上历史舞台:织田信长天下布武,正欲称霸天下之际,遭遇本能寺之变,织田信长含恨自裁。在这之后,在织田信长和丰臣秀吉的保护以及"町众"的支持下,又逐渐复兴。特别是丰臣秀吉对都城进行了大规模的改造,对散落在各处的寺院进行建设,现在京都的都市构造中还能看到当时的痕迹。平安时代,紫式部在京都写就了日本文学史上的名著《源氏物语》。

可惜的是,我去的时候,樱花已经落尽,只有树上的繁茂枝叶随风摇摆,哲学之道的小牌子就静静地立在上台阶的路口处。一条小溪静静地自顾自淌着水,听不见水流声,我本来也想借着双脚踏在哲学之道的机会好好思考一下人生,参悟生死,怎奈时间太短,跟团旅游的坏处就在于此，你在某处只有片刻的自由，所以我马不停蹄地从这条路上走过，打算下次自己来一趟，不再跟团旅游。不知道悟出的这个道理，算不算收获。离哲学之道不远，爬半截山路，就到了银阁寺，去的时候还很早，店铺也才陆续开门营业，银阁寺门口就已经有了不少游客，因为时间有限，我也只是在门口朝里张望了一下，就匆匆转身离开了。下山的时候，路两旁的店铺差不多收拾妥当准备待客，没有逛寺的时间，逛街的时间还是有一些的，我对路两边的饮品和点心店铺不怎么感兴趣，是怕买回来的东西不合自己的口味，于是只在工艺品店挑了几张和风式的明信片，上面画着蓝色的海浪，青白色的富士山和短眉红口的日本艺伎。我挑好拿给店员，付了钱，我们相互道了谢，然后从店里走了出来，就随意地在集合地点附近走一走。大概是刚从拥挤的大阪离开的缘故，就觉得京都更加安静，街道也干净整齐，哪怕是头顶上连在两栋楼之间的无数根电线都不会让你觉得凌乱，即使那些电线被连得随意，并没有刻意收整，也丝毫不影响街道的整齐感，这一点让我觉得格外难得。因为在另外一些国家和城市，低下头看地的时候就让人觉得辛苦，想抬起头看看蓝天，结果看见的又是一片乱糟糟的电线，让人感觉不到一点轻松，实在是不好的感受。所以啊，这里的电线让人觉得可以忍耐，都是因为整体就十分干净清爽的缘故吧。

在京都著名的清水寺里，有很多身穿和服的游客和日本少女，也有一对对穿着和服拍婚纱照或是艺术照的年轻夫妇和情侣。这大概得益于古风建筑保留完好的原因吧。首先，这里没有摩天大厦的压制感，再加上还有蓝天和许多身穿和服的人群，所以真的让人觉得仿佛回到了某个时代。京都美得不动声色，它不同于其他的摩登城市，犬马声色物欲横流得赤裸裸，这座城淡雅得如同一朵百合花，开在了我的心上。

花见的京都没有见花，我也并不遗憾，哪怕是在那里待了短短一天的时间，也让人觉得特别美好。

第三辑
记忆里的温暖

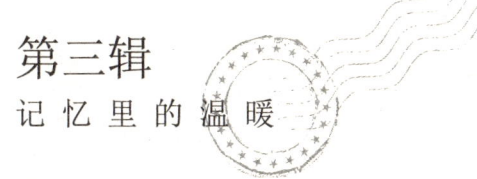

记忆里的温暖

有些人,曾经明明鲜活地在你生命里带给你温暖、感动和所有情绪,但却在某一天里,按生命必经的路离开,只丢下许多的回忆。

关于他们的感情,我其实很早就想说给你们听,却不知为何拖到了今天。从爷爷奶奶那里我才深刻体会到了什么叫作"执子之手,与子偕老"。执子之手其实不难,可与子偕老却是需要经历考验和缘分的。他们的金婚,由六十年的时光成就,由二人一路坎坷不离不弃的忠诚成就。这其中的感动,在他们身边的每个人都体会得到。爷爷和奶奶之间有没有爱情,我不确定,只是很肯定当初在彼此完婚时都有坚定的信念,对方便是自己这一辈子要守护的人。爷爷年轻的时候被开山炸碎的飞石扎伤一只眼睛,听说奶奶没有哭,更没有因为曾经生活的艰难而放弃守护爷爷的责任;又有一次,奶奶病得很重,被下了病危通知书,却也在爷爷的精心守护下,慢慢地好了起来。这是爱情吗?我想不是的,在当今这个貌似缺了爱情就活不下去的社会里,又有几个先前爱得死去活来的恋人能得到真正的幸福?相濡以沫,不离不弃,是要有一颗坚定而忠诚的心,就像爷爷奶奶一样,两个没有爱情任由父母包办婚姻的年轻人,在似水的年华里,把最初的陌生,变为了亲情。

年轻时候的他们,我无法触及,却很清楚地知道晚年的爷爷很迁就他的老婆子。那时的奶奶像个小孩般执拗。奶奶生病了却由着自己的身体不肯多吃些饭。在百般劝说无效、气得没了办法的爷爷就会略显无奈地念叨:"哎呀,你这个老婆子,哎呀……"写到这里,我想笑,却哭了。

很多年前的暑假里,最后一次享受和他们二老共度的时光,记忆犹新。我给爷爷洗裤子、袜子,扶奶奶去上厕所,说说笑话逗她开心。这些其实是一个孙女太应该做的,根本不值得一提。但对于多数时间离他们很远的我来说，做这些事情，是对自己的一点点安慰。在北京时，我们一家三口每天给爷爷奶奶打电话是必做的事。而现在，在北京的父母亲时不时习惯性地想往老家打电话，却在拿起电话的时候才想起爷爷奶奶已经离开的事实，然后无比的失落。爸爸妈妈的心酸，即使离得很远很远，我也可以想到。一切依旧，只是那份最特别的牵挂和问候，再也无法从电波那头，传到我们心里。

那天做梦，迷迷糊糊的。不记得先前和以后，只是记得自己回了老家，爷爷看见我笑了，并从炕上挺起身子坐了起来。我坐在炕边，接着就出现了我整个梦境里最清晰的一句话："回家，就可以陪爷爷住上一段时间了……。"醒来以后，想起这件事，难过得心都要碎掉。生、老、病、死，本来就是生命路途的基本航线。难过之后，便把那些关于他们珍贵的回忆，复习了一遍又一遍，等思念平静了，也接受深爱的人离开的事实了，我也可以坦然地告诉别人："我爷爷、奶奶去世了。"

思念和爱，是无法被黄土阻隔的。或者说，即使生命消逝，思念和爱，也依旧存活于爱和被爱的人之间。

西北的父亲不温柔

他曾是这里的少年。他曾无数次走过乡间泥泞的土路,也曾无数次用手轻抚过路旁和着干草的泥墙,怀着那个年纪该有的心事,一天天地,慢慢长大。

少年出生在甘肃一个穷乡下,排行老三,上面有两个哥哥,后来又添了一个妹妹和一个弟弟。他出生的年代,村里的大部分人都一穷二白,光为了吃饱肚子就已经花去了大半的精力,余下的一些他还要用来刻苦学习。在那个不重视学历和知识的年代,他偏偏带了一颗爱学习的心。每次考试他都得第一,即使出去拾柴拾粪累了一天,只要回家得了片刻的清闲,也要用来学习。就这样,他一步步地成就了自己的命运,也同样改变了我的命运。

他为人子，为人兄，为人夫，最后，他为人父，这个人就是我的父亲。小时候，除了孩子本能上对父母的依赖，我对自己和父亲之间的关系与情感并没有太多其他的感受。当我慢慢长大，自己的个性和主观意识慢慢形成，回过头我以自己的标准去看待他的时候，才发现我们有太多的不同。

如果我不说，别人可能不知道，我青春期的时候有多么抵触他。父亲对我说话直接又不留情面，根本不顾及小女生的心思。又鉴于西北人家庭以男子为主的生活模式，我早早就认定，西北的男子一点都不温柔。是啊，大西北的糙土上养不出细致的汉子。他们性格大方，扛得住事，威严而善良地活在那片土地上，所以那地方的汉子，都唯独丢了温柔的性情。我的父亲就是这样的人，他生长在甘肃，是个地地道道的西北人。我们一家人随着他迁入北京这么多年，他的前后鼻音始终分不太清，是"乡音无改鬓毛衰"的真实写照。除了一般的叮嘱和交谈，他从来没有对我说过什么温柔的话。

我初中的时候，家附近新开了一家装修高档的KTV。那时候KTV还没有特别流行，唱歌是一件时髦的事，按小时收费，价格不菲。有一次恰巧我们散步路过那里，我便跟父亲提议去唱歌体验一下新生活，父亲听我说完就问道："一个小时多少钱？""一百多吧大概。"我回答道。"那还不如买些羊肉吃，歌有什么可唱的，自己唱还不是一样。在哪儿都能唱。"父亲想也没想就回我一句。我瞬间哑口无言，只能底气不足地反驳他说道："那怎么可能一样，完全是两回事啊！"又有一次，那时候安利刚刚火起来，风头很劲，母亲提起说不妨买些保健药品，有营养对身体也好。父亲的答复依旧是那句：顿顿吃药不如顿顿喝羊肉汤有营养。只要有类似的话题，父亲"不如买些羊肉吃的"理论一次次成功地击败了我，所以即使我嘴上不说，心里却无数次嫌弃父亲跟不上潮流，顽固又土气。

高二那年流行剪齐刘海和BOBO头，我平时并不怎么侍弄头发，那一次却跟了风。剪完发现这种发型确实不太适合自己，心情已经低落到不行，回家被父亲看到后，说我的头发剪得难看，还劈头盖脸地数落了我一番。这让本来就不开心的我更加难过，但又不敢顶嘴反驳，只能默默地生气伤心。我真的无法理解父亲那一代人固执呆板的审美模式。好像在他们眼里改变原先的造型就是一个错误。我小时候短头发不让留长，留了长发又不让剪，简直是莫名其妙！我的小堂妹三岁时来了趟北京，她特别可爱，我也自然是喜欢得不行，想用尽一个作为姐姐的力气去呵护疼爱她。想着法子讨她欢心，于是我买来了皮筋给妹妹扎起很多短小的辫子，可爱极了，妹妹自己很是喜欢，开心得不得了。妈妈和婶婶对这一改变视为平常，但好像父亲和叔叔就是欣赏不来。他们的审美仿佛还停在旧社会，看不见日新月异的潮流变化和他们自己宝贝女儿因一天天长大而对于美的追求，可能在他们的心里从来都不曾认为我们会长大吧。

　　我母亲也是地地道道的西北人，男人就是一家之主的思想根深蒂固。父亲多少有点大男子主义，又从不擅长说一些温柔体贴的话，父亲算是个好父亲，但不算是个好丈夫。我心疼妈妈更多，也自然跟妈妈亲近一些，说话也更随意一点。有一次我对母亲发火，没忍住说了不敬的话，母亲自己都还没做出什么反应，父亲却立刻跟我翻了脸，让我马上跟母亲道歉。在这件小小的事情背后，我却突然开始理解他了。他不知道怎么做一个温柔体贴的丈夫，是因为没有这样的影子，但他眼里装不下忤逆不孝的孩子。祖祖辈辈的生活里没有教会他怎么成为一个温柔的丈夫,却也传承了百善孝为先的孝道,从小到大的家庭环境和父母对待长辈恭敬的态度其实也早已言传身教地深入我心。说不清的时候我就干脆不说,和父亲顶嘴又没什么用,倒不如忍着。偶尔有同学说起和家人吵架的情形,言辞激烈得让我不敢想象,那些话要是从我嘴里说出来,感觉自己应该早就被赶出去了。

除了小时候偶尔撒娇,从来不敢撒泼,有事就听着,顶嘴倒也有过,却从来不敢放肆。到了现在这个年纪,我和他之间的相处自然又不同于以前。他脾气好了很多,也忍耐了很多,我们之间的关系,变得越来越好,越来越轻松。这一点,现在的我任何时刻想起来,都觉得幸福。可能是地域环境改变了这个"乡音无改鬓毛衰"的男人,也可能他的固执和脾气在这岁月匆匆地流逝了,我长大了,他变老了,我们都更想去了解和爱护彼此,这才是现在最重要的。

时光一点一滴地成全着我的愿望。假期回老家的时候,晚上出去串亲戚回来迟了,我们踩着月光和漫天的星辉往爷爷奶奶家走。北京的夜晚耀眼得只有霓虹灯,所以这乡间银白的光亮对我来说格外得稀罕。我牵着爸爸的手,一边走着,一边抬着头仰望星空,看着星空激动地说道:"爸爸你看多美,星星这么多这么亮。"我本以为父亲会有同感,会应着我的话,可谁知他只是平静地答了一句:"我不喜欢,看着心慌。"

我有些吃惊,追问之下才知道了缘由。以前小时候父亲家里穷,去山上拾柴挖菜,走得太远回不了家,就凑合在山上找个避风的地方过夜,然后看着漫天的星星等着天亮。当时我一句话都说不出来,完全是愣在了那里。再后来自己长大离开家,数千公里之外的我,每到黄昏日落的时候,心里便莫名地焦躁起来,直到夜幕完全落下心里才能舒服些。时光相似也不相似,感受相同也不相同,所以在后来了解父亲越多的时候,就越是心疼他,从而改变了自己对他之前的看法。也可能真的是自己长大了的缘故,很多事情看得比以前透彻了许多。

起初我只觉得他是个严苛的父亲,并无其他感受,确定他真的爱我,也是通过某些很偶然的小事。有一次,我们一大家子人准备上山搭帐篷踏青,路途中有些崎岖的山路,距离也不算近。我想坐哥哥的摩托车去，田野里风吹耳际的感觉别提多好了，可父亲就是不同意，非要拉着我跟他一起坐姑父的面包车上山。我求了他好几次，连哥哥也帮着我搭腔，可父亲还是拒绝了我的请求，最后我乖乖地跟着他坐上了面包车。当时也郁闷了一小会，所以才将这件事记得深刻，过了几年，某天父亲得知老家的某个人骑摩托车出了事故，下班回来就跟我们说起，母亲听完说摩托车最危险。我才猛然想起了那年父亲不让我骑摩托车的事，才知道那时父亲的心意。

老家有一个姐姐在我之后来到埃及，她父亲一直从甘南送她到北京，我问她："来的时候你哭鼻子了没？你爸啥反应啊？"她年龄比我大，人也沉稳得多，回应说："我差点就不行了，最后还是忍住了。我爸没什么大的反应，就是到机场之后，说北京的机场修得又大又好，他要去到处逛逛。"我听了哈哈大笑："那还是舍不得你。机场有啥好看的，你爸又不是第一次来北京机场。"她点了点头表示赞同。对于他们的这种"含蓄"我们做子女的也心知肚明，哪有不爱孩子的父亲呢？

在我当四年级语文老师的时候，班里有个小姑娘头一天测验的成绩不太理想，拿到卷子之后趴在桌子上哭了好久。我的安慰和同学的安慰很明显没有让她完全好起来。当天晚上，小姑娘的父亲加了我的微信，发来信息替女儿说了很多好话，大概意思是说自己的女儿要强，但是又有点小粗心，希望老师能多鼓励、多夸奖她。我本来就是很喜欢孩子的一个人，又怎么会不答应呢？于是第二天上课，借着回答问题的机会，我很认真地夸奖了她。看着小女孩稚嫩可爱的小脸蛋，在她的这个年纪，她永远都不会想到，也可能永远都不会知道，她的父亲，为了使她觉得快乐，付出过怎样的努力，即使看起来微不足道。

爱从来都是一样的，只是搭配着每个人不同的性格、不同的思想时，爱所呈现出来的方式就变了。我们从来都不是一样的人，你就是你自己，可我愿意无条件地爱你。这大概才是家人和家所存在的最大意义吧。

前不久，我还一直开玩笑要买一个仿制的奥斯卡小金人给爸爸，因为他装痛躲过了我一次次"来势汹汹"的撒娇和亲昵，装傻躲开了我和母亲的每一次争吵争论。他仿佛越来越符合我理想中那个父亲的形象。从我出生他被赋予的父亲身份开始，他真的越来越入戏，对我越来越包容。我和他性格相似，也不相似，相貌相似，也不相似，经历相似，也不相似。我是他在这人世间的复制和爱，他是我在这人世间的依靠和爱。关于我们之间的爱，是这世间最自然的爱，最普通的爱。从我一出生他就爱我，即使在缓慢成长的过程中我曾有过怀疑，但随着自己年龄的增大，我越来越能体会到他的心意。我说我母亲爱我一百分，父亲只爱我八十分，而显露出来的却只有三十分，母亲听完哈哈地笑起来，父亲也跟着笑了，接着我的话说道："哪里是八十分，明明是九十分。"这下惹得母亲更是大笑了起来。类似这样直接的表达感情次数在这漫长的二十几年里虽然逐渐增多，但每次我听到他说出这样的话，我的心，还是会微微颤抖起来。这世界上，没有任何一份理所应当的爱和付出。我们都有彼此的性格和脾气，我是女儿，他是父亲，这即使被注定好的关系，也需要彼此的珍惜和理解。可能他永远都不会开口对我说："孩子，爸爸爱你！"但我却透过生活的点滴知道这一切。现在的我，已经不在乎他是否温柔文艺，只要他当个健康快乐的老头，就是我莫大的幸福和心愿。

我们家的小孩子

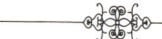

在你出生的那一刻,你可能是这个世界上最年轻的人。年轻的好只有失去了它的时候才能感受到。所以像那些对年轻不屑一顾的人,都应该是处于很好的年纪。有些事情就是这么矛盾。幼时在我刚开始有记忆的时候,偶尔遇到一些大人,在他们和我父母的寒暄里都能很轻易地听到这样的话:"哎呀,你家孩子都这么大了,上次见的时候还小得很呢……"

他们记得我,可我却并不记得在哪儿见过他们。可能真的是自己还太小的缘故,等能记住一些人,并且了解每一层关系网的时候,都已经长大了。长大之后,也看到许许多多的小孩子,在自己变化的同时,看着他们一年一个样子,也是一件很有意思的事情。

第三辑 记忆里的温暖

我天性就是个有爱心的人,从小就喜欢小孩子,近些年哥哥姐姐们都结了婚、生了孩子,偶尔短暂的相聚中,我也能深刻地记住他们小小童心的机敏和稚嫩。就好比上次回去的时候,见到我哥哥的孩子就特别有意思。我第一次见到他时他还在襁褓之中,之后第二次见他的时候,他也才三岁,除了整天缠着自己的爷爷和奶奶,并不怎么理睬我这个远方而来的小姑,即使我当时拿糖笼络他,他也都很敷衍地回应我,始终是拿了糖就跑开的态度。最近一次相见的时候,他已经六岁了,兴许是长大了懂事了些,也开始认得人了。我和他讲话能好好地听下去,拉他过来到我怀里也都只是害羞地笑笑,并不似以前哭闹着挣脱。我去县城的时候问他想要什么,他跟我说:"姑姑,你买些鞭炮回来可以吗?""你听话我就买给你。"我随口应下。"我会听话的,你放心吧。"小家伙回答得很是诚恳,而且他在我出门前还再三保证了自己一定会听话乖巧,叫我不要忘记答应好的事情。当时正是春节,鞭炮店生意火爆,我去买了些烟花棒和一包五十响的礼花弹拿了回去。那几天来串门的亲戚很多,家里不止两三个孩子,一人分了些烟花棒,剩下不多的烟花棒和礼花弹我放起来收好,告诉他晚上再放,小家伙很开心地点点头。吃完晚饭后,当天色刚刚暗下去时,他马上就过来提醒我说:"姑姑,你看啊,天已经黑了。"

于是,我们先在自家院子里玩起了烟花棒,然后抱着礼花弹走出家门,门前正好是一小片荒地。礼花弹孩子们是不敢去点燃的,最后由姐夫去点燃它,其他的人都回到院子里看着礼花绽放,那金色的烟火划破清冷的夜空,绽放出不一样的花火,绚烂但又透着短暂的忧伤。那个时刻,就连我自己也觉得开心。我低下头悄悄地看他,他笑得眼睛弯成一条曲线,很认真地注视着夜空里的烟火,特别可爱。等第二天起来,小家伙又喊着要我去上街买鞭炮,我问他是不是很喜欢放鞭炮,他不假思索地点了点头,这时候在一旁忙活的嫂子突然想起来一件事,笑着跟我们讲"祥祥曾经问自己的爸爸什么时候娶媳妇,然后又问他姑父(我的姐夫)什么时候娶媳妇。"人家的重点一直都不在娶媳妇上,办喜事时自然是要放鞭炮的,这才是真的"醉翁之意不在酒",我们大家都哈哈大笑了起来。他知道我们在说他,知道不是什么责怪的话,也似懂非懂地跟着大人呵呵地笑着。小孩子的执念有时候就是那么有趣和奇怪，根本让人摸不着头脑。

他也是一年一个变化，唯一不变的还是那么爱缠着他爷爷，因为爷爷疼他，对他各种宠爱。以前他闹脾气生气了，哄着不好，还打人，我大伯怎么都不恼，还一个劲地喊他："我的娃，怎么啦？"可这次回去，他也懂事了不少。大家一起去山里的时候，他缠着爷爷小声地问："爷爷你还有钱吗？你没钱的话我这有，我的钱可以给你花。"姐夫把他的话讲出来给大家听，祥祥很害羞地一个劲儿捂他姑父的嘴，不要他再说下去。我大伯在炕上更是笑得像朵花一样。

我回去的时间本来就短，除了那次之后就再没有给他们买鞭炮了。等我离开老家回到北京，隔天电话视频的时候，我问他下次见我想要什么礼物，答案不出所料——"买些鞭炮给我就好了"。我又说了些其他小孩子喜欢的东西来试图诱惑他，可他却不为所动，最后我应下他，让他乖乖听话等我回去，下次回去一定要买给他，小孩子的期待，不能辜负。

在他们幼小的孩童时光里，很难知道对某些事物的偏爱是来自天生又或是从哪一个瞬间获得的执念，让他们对某一件事物格外的喜爱和钟情。如果能使他们觉得快乐，我愿意为此付出自己的时间和金钱。毕竟在他们的世界里，你所能创造的美好并不是一件很难的事，他并不是我们家唯一一个可爱而随着年纪增长变乖巧的孩子，我的小妹妹，我的小侄女、外甥女，都曾经用他们机敏的小脑袋和有趣的言谈而让我觉得快乐。我很珍惜和他们在一起的时光，我并不祈求他们各个都事业有成、光宗耀祖，这些并不是生命存在的唯一目的。如果给我一个没品的科学家或者怪异的天才，我不稀罕，那我更愿意要一个温暖而美好的普通人。他们的人生还有无限的可能，但我首先希望他们成为一个懂得感恩、懂得珍惜的人。在任何一个时代，懂得感恩的人不会太坏，懂得珍惜的人会比较容易感到快乐，其他的，就由他们自己去拼搏吧。

最后，希望自己还是个被孩子喜欢的大人。因为孩子们的快乐里，都有让人觉得高兴的魔法。

第三辑 记忆里的温暖

家 宝

在我老家有个傻子,十里八村的人都喊他家宝。我起初对家宝是个傻子的事情并没有什么异议,那时我还小,大人都说他傻,我自然也就这么认为,可我长大之后,开始拥有独立思考能力和见解的时候,我再想起他来,就对这个结论产生了一些怀疑。

家宝永远是一副脏兮兮的样子,穿着破破烂烂,头发长得有些盖脸,一绺绺耷着,他爱笑,并不凶恶,却还是有些吓人。村子里的大人吓唬自己孩子都得搬出家宝来:"再哭家宝来了给你拉走。"吓得小孩子赶紧收了声。疯子、傻子都自带气场,让人害怕,尤其是对我们这些小孩子而言。我自己家住得远,回老家的时间有限,可还是遇见了他,你说巧不巧。

第一次看见家宝,是在我四岁左右的时候,那时刚刚记事,却又不怎么真切的年纪。家宝在帮爷爷奶奶家的厕所掏粪。当时农村家家户户都是最原始的厕所,一间房子,挖出个深坑,然后在坑面上铺好板子,留出缝隙就行。以前的年代,不允许浪费任何资源,堆积了一段时间的大粪和着泥土,就变成了上等的有机肥料,用来种养自家院子里的花花草草、瓜果蔬菜,充分利用农家肥是一种智慧和美德。家宝就愿意帮着有些待他和善的农户掏粪,或是搬石头块,砌土墙这些十分费力的活计,不管活多活少,不论劳动强度大小,而工价只要一块钱再加一顿饭的酬劳而已。因为我害怕他,站在炕上透过窗户,远远地看着家里的大人和家宝站在一处,神情轻松又愉快地聊着些什么,还不时得笑起来。再后来的记忆,就是父亲抱着我,我母亲也在旁边陪着,我们一家三口和家宝一起走在村子里的路上,刚出了自家庭院门没走多远,父亲先是指了指我母亲,然后笑着用家乡话问家宝说:"把这个媳妇儿送给你,要不要?"

　　这话一出口,就吓了我一跳,对家宝的恐怖感因为在爸爸怀里的缘故才刚刚消去了那么一些,放松下来的心又提了起来。我当时恐惧地打量着三个大人,仿佛看到了不正常的现象,我觉得母亲应该跟父亲生气,发脾气,赶快走掉,因为连我都开始生气了,可是母亲并没有这么做,反而还笑起来。我又惊恐地看向家宝,"我不要,女人太婆烦了(方言,就是麻烦的意思)。"他笑嘻嘻的样子一直没有变,就吐出这么一句话。

父亲听完哈哈大笑起来,我悬着的小心脏才放下,长长地出了一口气。我要是不说,没人知道大人们随意的一句玩笑被一个小小的人儿听了进去,还惹得她动了这么多的心思。幼时关于家宝的记忆,只记得这么多了,这个问题结束以后,他们聊了什么,父母抱着我又去了哪里,我一概都忘了。现在想想更是有趣,我自己有趣,家宝也有趣,一个傻子,从哪里知道了孔夫子讲过的道理呢?

怕是源于童年对他有不同于常人的记忆,我对他始终保有一份好奇心,再后来每次回老家的时候,我偶尔还会跟家里人问起他来。听有些长辈讲,家宝生下来脑子就有问题,他的父母都已经故去,家里是有兄弟姐妹的,以前他并不流浪,父母离世之后他才开始东游西逛，也变得越发地傻了，早前只在自己家的村子里游逛，再后来大家的日子都好过了，交通也发达起来，他的脚步也越走越远，所以这十里八村的人都认识他。因为他和我奶奶是一个村子里的人，以前他一来家里的时候，我小叔都会打趣地跟我奶奶说"阿舅（对于娘家人普遍的称呼，不分远近）来了"，家宝跟着我奶奶的侄子们一样，一并叫我奶奶大孃孃（方言，姑姑的意思）。奶奶的姓在村子里是大姓，亲戚多，奶奶的父亲辈分也大，时间久了大家都这么称呼她。家宝来家里的时候，奶奶也会问起村里父老乡亲的情况，家宝就把自己知道的告诉她，要是他不知道，他也会老老实实地说他自己好久没有见过那户人家，不知道现在是什么样子。家宝也会跟奶奶说一些自己的经历，他在外面怎么过活的，哪家对他好，哪家让他干活又不让他吃饱，哪家待他刻薄，等等。当我奶奶问他哪家的饭最好吃，他就又表现得特别聪明，哄我奶奶开心，说还是大孃孃做的饭最好吃。

现在看来，我奶奶是整个家里对家宝最了解的人了。关于家宝傻不傻的问题，她老人家最有发言权，可是等我想出这个问题的时候，我奶奶已经离开了十年之久，再也不能和我唠嗑说话了，所以这个问题永远都成了一个谜。奶奶给家宝准备了杯子和碗筷，放在厨房碗柜里的一处，只给家宝用，可家宝也不常来，偶尔一年半载才出现一次。听父辈们说家宝来村子里要饭，都是进到人家的院子里站着，如果这户人家没人搭理他，他站一会儿就会自己默默地离开，也不要赖打诨，特别地自觉。就凭这一点，就比如今社会上的好多人都强。要是这家人给他脸色看，待他不好，他也绝不逗留，说走就走；曾经有人用喂猫的碗盛了饭给他，家宝看见后头都不回地就走掉了，而且绝不会再去。他也从不打人从不骂人，不仗着自己戴着疯傻的帽子就胡作非为。如果有人问他要不要吃饭，要不要喝水，他饿就说要吃饭，渴就说要喝水，要是不饿不渴他也会直接告诉你，然后就坐在院子的台阶上休息一会儿，跟人聊天，也绝不进屋。他不会看谁家和善，就赖在谁家不走给别人添麻烦，要是在人家家里过夜也只睡在人家的草房或是柴房里，绝对遵守一个流浪汉的本分。这还说明他不是一个欺软怕硬惹人嫌的傻子，即使流浪，他也有自己的处世哲学，对坏人敬而远之，对好人不即不离，这简直就是古代君子的待人之道！再后来随着我对他了解的增多和自己思想的日渐成熟，我开始怀疑这种人可能天赋异禀，并不那么简单，他绝对知道些一般人不知道的秘密。我们那儿几个相邻的村庄里住的回族、汉族、藏族，不管他们什么区别或者贫贱富贵，哪家的人善良和蔼，哪家的人恶毒刻薄，家宝肯定最清楚。你瞧，这还不算大秘密吗？

有人说家宝脑子好使，就是太懒，可说他懒又觉得有点莫名其妙，要饭完全可以只靠其他人的善心活下去，一点力气都不用花，可他也还会付出自己的体力去赚取那微不足道的一块钱；你说他真傻，他却从不做什么出格的事情，显得老实且本分，也知道孔夫子讲过的道理，女人就是麻烦；他活着还要些尊严，有自己的行为方式，可你又说不清一个明白人为什么要过这样的日子。你说他不傻，他忍受着傻子所要忍受的一切，又脏又臭还让人敬而远之，他下大苦干活永远都只要那一块钱，从1980年要到1990年，一块钱已经不是当年的一块钱，可家宝还是那个家宝。所以，关于他傻不傻这个核心问题，我真的摸不清。家宝要是现在还活着，大概也有七十多岁的年纪了，我希望他还活着,因为他活得简单又神秘,他活着我或许还有机会知道他的秘密;可我又不想让他活着,因为还要在这世间受苦,老家的冬天冷得厉害,年纪大了就更难了一些。

许多年之后的一次暑假里,我独自一个人回老家探亲玩耍,在村子口又见过家宝一次,他穿着一件破到棉絮都露出来了的黑大袄,看不出衣服本来的颜色,他的头发也更长更乱了,家宝就背靠在一棵大树下面乘凉,微微地低着头目光也向下,嘴里喃喃自语地说着些什么,还时不时地咧开嘴笑。我和他之间隔了一条大马路,他笑的时候我看见了他那已经快要掉光牙齿的黑洞洞的口腔。那时我到了上初中的年纪,他也更老了一些。我手里拿着冰棍,远远地望着他,他还是在笑,也不知道在笑什么,过了一会儿,我就默默地走开和姐姐一起回家去了,之后就再也没有见过他,也没有听到关于他的任何音讯了。

到如今为止,我还是觉得他神秘,也总觉得他知道一些别人都不知道的事情,知道这世界的秘密,我现在想跟他说说话,聊聊天,可是我怕他看出我的心思,又怕他成全我的愿望,告诉我一些我所不能承受的人间的大秘密,毕竟我也只是个俗人,没有仙气。世间百态的人生,我悟不透也看不穿,所以我还是放弃了,也可能,他也忘了自己是谁,下了凡尘,只是来这人间渡了回是非。

"世人笑我太疯癫,我笑世人看不穿。"关于家宝这个人,我亲眼见过,也听说过,他的神秘感在我老去的生命里有增无减,可能因为我是个俗人的缘故,实在是看不穿他,到最后,也就只想起这么一句来。

第三辑 记忆里的温暖

长情的狗

我要说的这只狗,生活在我老家乡下的一户农家里。那里有青砖红瓦的农家院,有一条不怎么淌水的小河,还有我可爱的亲人们。狗的名字叫"小精灵",是我的堂妹给起的,这也算是对小动物最直观的一种描述了。可爱而活泼,如同童话里拥有魔法的精灵。

在我小的时候,老家院子里不曾养狗,可能是小孩子太多,怕院子里养狗惹得我们害怕,也可能那时候爷爷奶奶腿脚都还利索,觉得没养狗看家护院的必要,总之它是我记忆中老家院子里养过的第二条狗。第一条狗狗完全没有什么印象。至于小精灵,起初也是一直被拴在那里,只是个护院狗,并不是宠物狗,可我还是以对待宠物狗的心态,很想亲近它,把它看得很重要,尽管还是稍有一些胆怯。

因为随父母在北京的缘故,只有假期我才能回去。头一次在院里见小精灵。依我在北京见识宠物狗的经验:小精灵从生物品种上说,应该是只博美,可它与在我家楼下看见的宠物狗博美相比,生活实在是不那么舒适惬意。城里的狗狗有好吃的好喝的还有衣服穿,就连狗狗本性中不需要的都被主人准备齐了。而同是宠物狗的小精灵却只能被拴在那里,吃着剩饭,住在用木板和瓦片搭建的简易小窝里,我真的怪心疼它的。刚回老家头几天的闲暇时刻,我有事没事就去院里看它,站在院子的平台上,离着很远,只是为了混个眼熟,心里为的是让它尽快地接受我,能和我亲近起来。所以即使清早起来刷牙,我也都蹲在离它最近的那个台阶上。然后会自娱自乐似的跟小狗打个招呼,道一声早安。小狗的确也是有灵性的,起初看见我并不消停,跳来跳去地叫着,三天过后,它就认得我了,由着我自由出入。我早起在院子里刷牙的时候它先是静静地看看我,然后便窝在那里休息。我确实是喜欢狗狗的,老家亲戚请客去吃席,会做很多好吃的,大家吃罢后桌子上丢的鸡骨头，我都会跟主人家要来袋子，想着装起来拿回去喂它吃。对狗狗来说，这无非是它们最喜欢的了。自己在家吃鸡肉也都是能剩就剩，啃骨头也不啃干净，轻轻地咬上两口就拿去喂狗狗，还心虚地怕被家人们发现挨批评，于是把肥美的带肉骨头握在手心里，飞快地从堂屋跑出去，站在台子上扔给狗吃，嘴里还喃喃地说着"吃吧，好吃的来了"类似这种的话。奶奶把这些看在眼里。有一天坐在炕角跟我说："不要再喂它了，现在你把它喂得太好，你走了谁喂呀？它就瞧不上平时的饭了，会挨饿的。"那个时候顾不得那些，自然是听不进去，我也只是跟奶奶说"没事没事，我走了它会吃饭的"这类的搪塞话。爱心泛滥哪里还止得住。老人也是疼我的，再也没有过问过这件事，我也依旧我行我素地溺爱着它。到后来买来鸡肉肠，自己吃两口，然后把包装扯掉，再掰成几小段，丢给狗狗，仿佛两个关系要好的朋友，一起分享所爱的食物。到后来自己吃腻了鸡肉肠，但依旧每天得买一根给小精灵吃。每次都看着它吃完，我才转身进屋，我觉得它要是能说话，肯定会说在这个家里它最爱我了，可即使它不说，我自己心里也知道。

说实话，我从小确实是有和小动物亲近的心情，但不知道是自己太谨慎还是出于胆小，我对它们从来都是远观却不敢抚摸或者一起玩耍。最初，小精灵干净而可爱，年轻又有活力，渴望与人亲近。我爸爸路过它偶尔也会逗逗它。爸爸弯着腰，双手摊开靠近它，狗狗竟然靠着后腿和扯直了的脖链子狗模狗样地站了起来，把前面两个爪子搭在了爸爸手上，依旧"哈哈"地吐着舌头，后脚不停地小步移动着找平衡。我还是在院台子上看着。倒是爸爸先喊了我："宝贝你看，小狗乖不乖？"我心里高兴又忐忑，赶忙问爸爸："没事吗？它不会咬你吗？""没事的，它不会咬人的，乖得很。"

仿佛从那一次开始，我和小精灵的关系一下子改善了，我不再是远远地看着它，或者只是喂它好吃的，我们之间开启了另一种相处模式，可以有更好的互动。起初还是胆怯，试探了好几次，终于鼓起勇气走到它能碰到我手的地方，然后也学着爸爸的样子，伸出双手，把手放得很低。狗狗马上靠着后腿站直了身子，晃来晃去、使劲地想靠近我。前几次我并没有打算用自己的手托住它的爪子，我自己都不知道在害怕什么。

狗狗每次都是一跃而起,站一会儿搭不到我的手,估计也是站累了,就放下前爪,四爪着地,可只要我不走,稍做休息它就又会直立起来。在这样反复几次试探后,我才终于把自己的手踏踏实实地伸了出去,稳稳地托住了它的两只前爪,和小精灵正儿八经地握了握手。被一个有别于自己的生灵喜爱和信任,仿佛是一件了不起而又激动人心的事情。之后每次的握手都像一种亲密的仪式,即使我还是胆小,有点怕狗,即使狗狗被拴着没有自由,但这些都没有关系。

可是,我和小精灵的关系并没有那么平顺与普通。之前我们玩耍的时候,狗狗会本能地吐出舌头,偶尔它一转头靠近我的手,我便会麻利地松开它,因为我心里终究还是有些害怕,怕它咬我。有一次它舔了我的手,而且我的手还碰到了它的牙齿。我知道它并不是要咬我,当时我心里就很清楚,如今我更是深信不疑。可我只要一想到会有被咬的可能,我便永远地放弃了这样的互动,唯一的亲密互动。后来几次,它看见我走来都会很努力地站起来,可我都只是看看它,自言自语地说说话,扔给它一些好吃的,然后走掉,我真的再也没有和它握过手了,一次都没有。假期不知不觉结束了，我也回到了北京的家，开学写作业，心里又被其他事情填得满满的，思念就被冲淡了许多，把小精灵也就遗忘了。倒是在一次与奶奶打电话时，电话里的奶奶提起了小精灵，说它在我走后很久都不肯吃饭，都是我喂给它的好东西太多，真的就嫌弃了平常的饭食。我无言以对，却也担心了好久，真的怕小精灵绝食出现异常状况，后悔不已。

时隔三年，我再一次回到了老家。听到门口的响动，小精灵开始叫了起来，等我穿过门廊走到院子里后，它一看见是我，就没有再出声了。时隔这么久，原来它一直认得我，这让我十分感动。那次我回去待的时间更是短暂，每天也基本都是申亲戚出门不在家，根本没有时间和心情惦记小精灵了。可能人长大了，心就硬了，倒是和我一起从兰州回老家的妹妹接替了我"照顾"小精灵的工作，喂给它各种各样的好吃的。

又隔了三年，当我和妈妈一起回老家去参加堂姐的婚礼。在回去的路上，我便猜想，不知道小精灵还会不会认得我。带着这个猜想，一下车我就急匆匆地冲进了院子，等确定了小精灵的反应之后，我激动地跟妈妈说："妈，那只狗记得我，看见我是不叫的，它

第三辑 记忆里的温暖

认识我。""哦哦,是吗?那就好。"母亲回应说。

妈妈因为舟车劳顿,自然是听不进去的,本身这件事对她来说不具有多大的意义,可我,依旧还是很激动。在我之后进来的妈妈,又让小精灵有了看家狗,看见陌生人的反应,开始叫个不停。刚进家门,我们放下行李,跟长辈们、姐姐们打了招呼,才有时间走出去看看它。我依旧站在那个院台子上,看着它。由于它年老的缘故,精神也没有以前那么充沛了,失去了活泼乱跳的样子,尾巴上的毛长了一大截,粘成了灰色的一大坨,身上的毛也一缕一缕的耷着。它看见我来了,竟然又抬起了前爪,吐着舌头,等着我过去接住它的爪子,可我还是没敢过去,只是看着它,定定地看着。在晚饭的时候,姑姑炒了鸡肉,我本来打算给它弄些鸡骨头,却被姑姑的话打消了念头:"宝贝,别给了。狗娃子老了给骨头啃不动,会卡住的。""会卡住吗?真的会卡住吗?"我失落地又问了一遍。"恩,它老了。不小心会卡住的。"

距我第一次见它的时候,整整过去六年了!一只狗的生命,能有几个六年呢?它确实老了,叫声没以前洪亮,跳得也没以前活泼。有太阳的时候,它就是懒懒地窝在那里晒太阳。

这次我听话了,再没有给过它骨头,哪怕是细小的鸡骨头。我路过它的时候,小精灵看见我还是会站起来,要不就冲着我摇尾巴,谄媚地叫几声。最后看我一直没有反应,它生气了。那次我经过它的旁边,它边叫边跳,不像是凶我,倒像是埋怨,我能感觉出来。我心里是难过的,我发誓。从那之后,它看见我,再也没有抬起过爪子站起来,都只是听见声响抬起头看看是我,又把头低下去。或者是我看着它,它也只是看着我,只是这样。我总想为它做些什么,出于爱也好,出于愧疚也好。于是我问姐姐能不能给它洗澡。姐姐微微皱着眉看着我,话都出口了我才发现这个问题有多愚蠢。她每天家务都一堆,哪里还顾得上狗。要我自己给它洗,我真的不敢,就连靠近它都需要勇气。

小精灵到我家具体有多久我也不知道,总之是有些个年头了。它先是陪了爷爷奶奶好几年,那时候爷爷奶奶都还健在,狗狗也还年轻。它被拴在那里,一看见生人就跳得老高,就连犬吠的声音里也透着活泼。而如今,爷爷奶奶都已经去世好多年了,那条狗,依旧在那个位置,看家护院。依然从它开始记得我一样,一直记着我。可是小精灵,我最后还是按照自己的胆怯,辜负了你爱我的方式,就如同你因为我喂养你而和我亲近一样,如同我不和你玩耍你所发的嗔怒一样,你应该会明白我吧?我也是个缺乏勇气的人啊!

我不知道是哪里出了问题,哪里来的变化。或许人越长大越变老,要应付的、要想的东西太多,于是就把一些微小而珍贵的爱从心里挤了出去,放满了用来应付社会的各种情绪和思想。你没有闲心,没有力气,去爱一个曾经给过你温暖的小小生灵。我路过了很多人的生活,一些曾经重要的人,那些你曾经热爱着、心里念着的人突然在一段时间的冷漠后,就永远将你从他们心里的某个地方抹去,就像一个用旧了的物件,放在一角,不再去理会。我体会过那种不被在乎的失落感。

抱歉呀,小精灵!那个女孩子能给你的爱,就只有那么多了。可能你记得的,你爱着的,想讨你喜欢的那个女孩,也只是在那一年的时间里。后来你看到的那个她,就不一样了。她也终究按着时光的规则,变成了一个会思考会取舍的大人。可是,谢谢你还一直一直用你爱她的方式来对她,不管她走了多么久,回来的时间多么短,你都还记着她。我这里有太多关于人与人之间的悲伤故事,而你,却给了她极大的慰藉和温暖。口蜜腹剑和人走茶凉的故事,自古就有,而你,却是一直温暖着她,或许这也是为人的无奈和不得已。我何尝不珍惜小精灵带给我的一切,我又何尝不想为它做更多的事,可是我却不知道自己到底能做些什么。这聚少离多的日子里,谢谢你的不生疏,对我来说,它亦是最珍贵的回忆和感受。

第四辑

只 是 这 样

只是这样

我想温暖这座城市的每一寸时光
即使它偶尔使我忧伤
偶尔也感动我
所以我心存感激地行走
轻轻地踏在这片土地上
我想寄出每一份涌上心头的相思
却也只敢写在纸上
少年啊
哪里才是休息片刻的地方
短暂的停顿后,你又渴望去向哪里
远方能否成全你所有的期望
回到自己的路上,停在某人的心上
也只是这样

在我疯癫之前

在我疯癫之前
我也深沉地爱过这个世界
相信太阳的暖
能击破世间所有的黑暗
让人的脑海里能开出鲜花
消散人们心里贪念的枝杈
美好的人美好得如同初生
丑恶的人丑恶得如同泥沼
埋伏在一处想着吞噬所有
痛苦有多痛苦
欢乐有多欢乐
变着花样的折磨着人们

挣扎的是时间还是人心
我分不清楚
所以啊
我想请你相信
在我疯癫之前
我也诚恳地期待过这个世界

记　得

朋友说
多年后你能否记得这小巷里欢快的音乐

我说
多年后你会记得这欢快的音乐
而这一切不会记得你

失去的光阴是你的生命
此刻的欢愉是片刻的心情
可能多少年后
你也会忘记曾在哪里聆听

音乐在你心里
是永恒也不是永恒
这片土地是你放置人生的模具
你按它的习惯和风俗也得到也失去

多少年以后
可能你依旧穿梭在这小巷里
时光不回去
所以年轻也不再跟随你
只在记忆里
你模糊的感受
这片土地
都在成全的回忆

多年后
我们记得
或许会记得
这里的小巷
这里的音乐
还有这里的自己

玫 瑰

玫瑰被剪断
扎成花束
离开泥土
断了根基
被捧在手里
泡在水里
却被人祈祷
玫瑰啊玫瑰
希望你长长久久地开放
要美丽地活下去

反 差

秋千都快荡到天上去了
　大人们觉得好危险
　可孩子们都很高兴

爱情的味道也苦也甜
　旁观者觉得好无趣
　可热恋的人都很幸福

后记 EPILOGUE

我的家乡流传着一句老话说:"不走的路,要走三遍。"

这句话大概的意思是指出了人生的偶然性,告诉我们生活中会有很多意想不到的事情发生,要接受未知的变化和不同,做好心理准备来面对各种各样的状况,同样不要对变化和意外太过抵触,要学会接受和认清现实,这就是当我完成这本书之后的第一个想法。因为我之前从未想过自己真的会写出一本书来。我自幼热爱写作,看书写日记是我的兴趣之一,在年幼的时候母亲就买来许多书让我读,从最早的彩色插图的儿童读物,到报刊亭买来的杂志《米老鼠》,我都读得津津有味，大概是读书比念书有意思多了，而且没有什么强迫性，自然更是愿意读，书读得多了，造句就变得轻而易举，因此我爱上了语文课，而后就把写作当成了一种消遣，后来读的书越来越少，人也越来越懒，内心虽然有向外倾诉的欲望，写作也恰好是另一种方式的吐露，而我时常满怀感慨地提笔，却又因为思绪过于混乱而不知如何下笔，最后都不了了之。我也没经过什么专业培养和训练，只是偶尔地记录一些自己对生活的感悟，我本来并不看好自己，因为我自知水平有限，山外有山，可还是决定厚着脸皮给自己留下一些回忆和纪念，把自己这些年陆陆续续写的文章整编之后，拿给大家看，因此才有了这本书。《你不再是你，时光不再是时光》是埃及诗人法鲁克的一首小诗，我第一次读到它的时候就被深深地打动了，它淡淡地道出了无数人的心声，用朴实无华的词语组合成了如此美好的诗句，我们都在无时无刻地变化着，从外在到内在，长大也好，衰老也罢，都是人生必须要经历的过程，希望把我所能感受到的感受也分享给你，我以给他人写信的方式向你们吐露自己的内心，如果你要问我那份信是写给谁的，我无法给你固定答

后 记

案。因为那份信的读者可以是任何人。我本无意远走他乡,却被命运托着看过了世界的部分角落,也对人生有了新的感悟,我自视已经被上天优待,十分感恩,我相信命运的安排,也相信自我拼搏的力量,谋事在人成事在天,愿始终被命运眷顾,能一直心怀感恩地行走在大地上,这是我一直的愿望。

万事开头难,完成了这一本书之后,不论好坏,我都对自己和一些事情有了新的看法和改变,也从中学到了一些道理,也对自己的未来有了新的规划和目标,我希望这并不是我唯一的一本书。之后还能有新的作品和大家分享,最后,感谢生命里所有的美好,感谢那些带给我美好的人,愿你,一生都幸福。

青稞

策　　划：陈　玲
责任编辑：施云峰

图书在版编目（CIP）数据

你不再是你，时光也不再是时光 / 青稞著. -- 北京：旅游教育出版社，2019.1
ISBN 978-7-5637-3857-1

Ⅰ．①你… Ⅱ．①青… Ⅲ．①随笔－作品集－中国－当代 Ⅳ．①I267.1

中国版本图书馆CIP数据核字(2018)第253085号

你不再是你，时光也不再是时光
青稞　著

出版单位	旅游教育出版社
地　　址	北京市朝阳区定福庄南里1号
邮　　编	100024
发行电话	（010）65778403　65728372　65767462（传真）
本社网址	www.tepcb.com
E - mail	tepfx@163.com
排版单位	北京旅教文化传播有限公司
印刷单位	天津雅泽印刷有限公司
经销单位	新华书店
开　　本	787毫米×1092毫米　1/32
印　　张	5.75
字　　数	76千字
版　　次	2019年1月第1版
印　　次	2019年1月第1次印刷
定　　价	29.80元

（图书如有装订差错请与发行部联系）